Kai Meyer

Sieben Siegel

Der Dornenmann

omnibus

Foto: © Kai Biesenbach

DER AUTOR

Kai Meyer, geboren 1969, studierte Film und Theater und schrieb seinen ersten Roman im Alter von 24 Jahren. Seither hat er über 40 Bücher veröffentlicht, darunter Bestseller wie »Die Alchimistin« in der Erwachsenenbelletristik und »Die fließende Königin« sowie »Die Wellenreiter« im Kinder- und Jugendbuch. Seine Bücher wurden in mehr als 20 Ländern veröffentlicht, u. a. in den USA, in England, Japan, Italien, Frankreich und Russland. Für »Frostfeuer« erhielt Kai Meyer 2005 den CORINE-Literaturpreis in der Kategorie Kinder- und Jugendbuch.

Von Kai Meyer ist bei OMNIBUS erschienen:

»Sieben Siegel – Die Rückkehr des Hexenmeisters« (21602)
»Sieben Siegel – Der schwarze Storch« (21603)
»Sieben Siegel – Die Katakomben des Damiano« (21604)

Kai Meyer

Sieben Siegel

Der Dornenmann

Mit Illustrationen von
Wahed Khakdan

omnibus

omnibus

OMNIBUS
ist der Taschenbuchverlag für Kinder
in der Verlagsgruppe Random House

FSC
Mix
Produktgruppe aus vorbildlich bewirtschafteten Wäldern und anderen kontrollierten Herkünften

Zert.-Nr. SGS-COC-1940
www.fsc.org
© 1996 Forest Stewardship Council

Verlagsgruppe Random House FSC-DEU-0100
Das für dieses Buch verwendete FSC-zertifizierte Papier *Munken Print* liefert
Arctic Paper Munkedals AB, Schweden.

1. Auflage
Erstmals als OMNIBUS Taschenbuch
September 2007
Gesetzt nach den Regeln der Rechtschreibreform

Umschlagbild: Almud Kunert
Innenillustrationen: Wahed Khakdan
Umschlaggestaltung: Basic-Book-Design,
Karl Müller-Bussdorf
MI · Herstellung: CZ
Satz: Buch-Werkstatt GmbH, Bad Aibling
Druck und Bindung: GGP Media GmbH, Pößneck
ISBN: 978-3-570-21605-7
Printed in Germany

www.omnibus-verlag.de

Inhalt

G I E B
BLICK VON S

HÜGELGRAB
BAHNDAMM
SCHWARZDORNS BESTATTUNGSINSTITUT
ALTE STADTMAUER
STADTTOR
TALMÜHLE
BRÜCKE

T E I N
NORDEN

Mondfinsternis

Gegen elf Uhr abends hörte das Kind auf zu schreien. Endlich. Kyra sank erschöpft auf das Sofa vor dem Kamin.

Babysitten!, dachte sie verächtlich. Nie wieder!

Das Ganze war natürlich Tante Kassandras Idee gewesen. Kyra selbst hätte sich niemals freiwillig dafür gemeldet.

»Du kannst dir damit dein Taschengeld aufbessern«, hatte Tante Kassandra gesagt.

»Ich bekomme doch genug«, hatte Kyra hastig – und zugegeben ein wenig unüberlegt – erwidert.

Tante Kassandra hatte listig gelächelt. »Das könnte man ja ändern …«

Und damit war eigentlich alles klar gewesen. Kyras Schicksal war besiegelt. Babysitten also. Wie einfach das klang, wie harmlos. Beinah niedlich.

Babysitten, fand Kyra, war eines dieser Worte, die nicht im Entferntesten das beschrieben, was sich tatsächlich dahinter verbarg. Ungefähr wie *Sommergrippe.* Sommer, das klang nach Sonnenschein, baden gehen und langen Nachmittagen in Lambertos Eisdiele. Aber Sommer*grippe* – das bedeutete, dass all diese Dinge mit einem Mal flachfielen. Keine Wasserspiele, kein Spagettieis – stattdessen bittere Säfte, Schüttelfrost und ein Fieberthermometer, das immer kaputt war, wenn man es brauchte.

Mit *Babysitten* war es genau das gleiche Elend. Babys seien süß, erzählten in der Schule die Mädchen mit kleinen Geschwistern; knuffig und liebenswert, sagten sie. Pah! Kyra war da ganz anderer Ansicht, vor allem heute, an diesem schlimmsten aller schlimmen Abende. Liebenswert, liebe Güte! Leute, die solchen Unsinn verzapften, kannten Babys wahrscheinlich nur aus der Windelwerbung im Fernsehen.

Echte Babys kreischten, dass die Wände bebten. Sie patschten mit ihren Fäusten im Essen herum, spuckten einem Brei ins Gesicht und, Himmelherrgott, sie stanken fürchterlich.

Ja, alles in allem waren sie verdammte Nervensägen.

Und keines, wirklich *keines* auf der ganzen Welt, war schlimmer als Tommy.

Tommy war der Graf Dracula der Wickeltische, der Darth Vader aller Krabbelgruppen. Tommy war, daran bestand nicht der leiseste Zweifel, der Teufel persönlich. Oder wenigstens sein Sohn. Jawohl.

Kyra sank in die Sofakissen und schloss einen Moment lang die Augen. Sie würde den Geruch von vollen Windeln für mindestens eine Woche nicht von ihren Fingern losbekommen. Ganz zu schweigen von dem Geschmack des Gemüsebreis, den sie in sich hineingestopft hatte, um Tommy zu zeigen, wie toll das Mistzeug schmeckte.

Aaargh …! Sie hätte sich die Haare ausreißen können vor Wut!

Im offenen Kamin tanzten die letzten Flammen über verglühender Asche. Das Feuer würde jeden Moment ausgehen. Der Anblick beruhigte Kyra ein wenig. Nicht dass sie sich nun besser fühlte … nein, aber sie begann, sich mit der Lage abzufinden. Das war es doch, was das Leben ausmachte: Sich mit Situationen abzufinden, ganz gleich, wie mies es einem ging.

Oje, sie war wirklich in einer grauenvollen Laune! Wenn das so weiterging, würde sie noch den Fernseher einschalten. Und es gab wenig, was deprimierender war als das Samstagsprogramm nach dreiundzwanzig Uhr. Bei ihrem Glück würde sie wahrscheinlich auf das *Wort zum Sonntag* zappen und mit Sicherheit würde gerade in diesem Moment die Fernbedienung kaputtgehen. Ja, das fehlte eigentlich noch.

Tante Kassandra war mit ihrer Freundin Ruth ins Theater gefahren. Nicht hier in Giebelstein, sondern weiter weg, in den nächstgrößeren Ort. Nach der Vorführung würden sie noch in irgendeine Kneipe gehen und *Frauengespräche* führen. Kyra hatte wenig Hoffnung, dass sie vor drei oder vier Uhr morgens zurück sein würden. Und bis dahin musste sie auf Tommy aufpassen.

Tommy war Ruths Sohn. Ruth war alleinstehend, Kyra hatte Tommys Vater nie kennengelernt. Eigentlich war Ruth ganz in Ordnung – ein Wunder, wenn man bedachte, dass sie es Tag für Tag mit diesem kleinen Ungeheuer aushielt. Sie und Tante Kassandra waren schon lange miteinander befreundet, und früher, als Tommy noch nicht auf der Welt gewesen war, hatte Ruth oft in Tante Kassandras Teeladen gesessen und die neuesten Teemischungen aus aller Welt durchprobiert. Heute aber, mit diesem Monster am Hals, waren die beiden Freundinnen froh, wenn sie ab und an mal einen Abend miteinander verbringen konnten. Und immer war Kyra die Leidtragende.

Nicht dass sie den beiden ihren Spaß nicht gönnte. Aber musste denn ausgerechnet sie die Babysitterin spielen?

Ihre Gedanken drehten sich im Kreis. Gemüsebrei. Volle Windeln. Geschrei ohne Ende.

Dann lieber doch das *Wort zum Sonntag*.

Kyra schleppte sich erschöpft zum Fernseher und schaltete ihn ein. Mit der Fernbedienung in der Hand fiel sie zurück in die Kissen.

Auf dem erstbesten Sender, der um diese Uhrzeit keinen Sexfilm aus den Siebzigerjahren zeigte, lief ein kurzer Bericht über die Mondfinsternis, die sich heute Nacht ereignen sollte.

Stimmte ja, das hatte Kyra ganz vergessen. Die Mondfinsternis! Sie hatte eigentlich dabei zuschauen wollen.

Sie sprang auf und lief zur Terrassentür. Die eine Wand des Wohnzimmers bestand komplett aus Glas. Wenn man die riesige Schiebetür beiseitezog, sah man eine Terrasse vor sich, so groß wie bei anderen Häusern der ganze Garten. Ein Bewegungsmelder klickte, als Kyra die Lichtschranke passierte. Scheinwerfer erhellten die vorderen Büsche und Bäume. Ein kühler Wind ließ die Zweige und Blätter rascheln, geisterhaftes Flüstern aus den Tiefen der Nacht.

Kyra trat unter dem Vordach hervor und blickte zum Himmel. Erst glaubte sie, es sei zu bewölkt, um die Sterne sehen zu können. Dann aber wurde ihr klar, dass das Licht der Scheinwerfer das Funkeln der Gestirne überlagerte. Wenn sie die Mondfinsternis beobachten wollte, würde sie die Gartenbeleuchtung ausschalten müssen.

Die Frage war nur, wie. Die Lampen flammten auf, sobald sie eine der Lichtschranken durchschritt. Und im Wohnzimmer gab es ihres Wissens keinen Hauptschalter.

Aber – Augenblick! – sie wusste doch, wo sich der Sicherungskasten befand! Wenn sie für ein paar Minuten den Strom im Wohnzimmer und im Garten abschaltete, würde sie den Mond und die Sterne besser erkennen können.

Sie setzte ihren Plan gleich in die Tat um, froh, dass es etwas gab, was sie von Tommy und ihrem Selbstmitleid ablenkte. Sie öffnete den Sicherungskasten im Flur, gleich neben der Küchentür. Neben einem Schalter klebte ein Schild mit der Aufschrift »Garten, Wohnzimmer & Flur«. Kyra klappte den Kippschalter nach unten und sogleich erlosch um sie herum das Licht.

Aus der Küche fiel der sanfte Schein der Herdbeleuchtung, und das reichte aus, um den Weg zurück ins finstere Wohnzimmer zu finden. Bald darauf stand sie wieder auf der Terrasse. Das fahle Licht des Mondes warf gespenstische Schatten.

Das Wispern der Bäume klang auf einen Schlag ganz anders als zuvor. Heimtückischer, so als heckten jenseits der Blätter geheimnisvolle Wesen Gemeinheiten aus.

Kyra atmete tief durch. Seit sie und ihre drei besten Freunde Nils, Lisa und Chris zu Trägern der Sieben Siegel geworden waren, hatte sich vieles verändert. Mit einem Mal schien es für ein zwölfjähriges Mädchen wie sie ganz normal, zu jeder Tages- und Nachtzeit mit den Angriffen blutrünstiger Dämonen rechnen zu müssen.

Nur einmal, nur heute Abend, wollte sie ein ganz normaler Teenager sein.

Aber standen normale Teenager wirklich nachts im Garten und beobachteten eine Mondfinsternis? Egal. Ich bin ich, dachte Kyra. Und ich will jetzt diese verflixte Mondfinsternis sehen. Und zwar sofort!

Als sie zum Mond hochschaute, war er bereits zur Hälfte verschwunden. Kyra wusste, wie selten ein solches Ereignis war. Sonne, Erde und Mond mussten auf einer exakten Linie liegen, damit der Schatten der Erde sich über die helle Mondkugel legte und sie verbarg.

Die Nacht war sternenklar. Auf jenem Stück des Mondes, das noch zu sehen war, konnte Kyra ganz deutlich den sagenumwobenen Mann im Mond er-

kennen. Eine schattenhafte Gestalt, die auf ihrem Rücken ein Bündel Dornenzweige trug.

Sie konnte jetzt beinahe zusehen, so schnell schob sich der Erdschatten über den Mond. Höchstens zehn Minuten vergingen, dann war die weiße Scheibe fast gänzlich verdeckt. Nur eine hauchfeine Sichel schwebte noch in der Schwärze des Weltalls.

Kyra seufzte und wandte sich zurück zur offenen Terrassentür. Plötzlich war ihr unheimlich zumute. Die magischen Siegel, die sie von ihrer verstorbenen Mutter geerbt hatte, erschienen stets dann wie Tätowierungen auf ihrem Unterarm, wenn Kreaturen der Hölle in der Nähe waren. Aber sie warnten Kyra und die anderen nicht nur – sie zogen die Diener der Finsternis auch an wie ein Magnet. Seitdem waren die vier Freunde nirgends mehr sicher. Überall mochten ungeahnte Schrecken auf sie lauern, jederorts verfolgte sie die Furcht vor der Dunkelheit und vor dem, was sie daraus beobachten mochte.

Auch jetzt war Kyra die Schwärze, die sie auf allen Seiten umgab, alles andere als gleichgültig. Trotzdem: Wenn sie auch nur ansatzweise ein Leben führen wollte, wie andere Jugendliche ihres Alters es taten, musste sie gewisse Risiken eingehen. Damit hatte sie sich allmählich abgefunden.

Etwas raschelte in den Büschen. Links von ihr.

Kyra wirbelte herum.

Wenn man vom Teufel spricht, dachte sie …

Aber es war nicht der Teufel. Auch keiner seiner Diener.

Es war Chris.

»Hi!«, meinte er knapp. Wie immer trug er pechschwarze Kleidung und hob sich kaum von der Dunkelheit ab. Auch sein Haar war schwarz. Im Augenblick war es ein wenig zerzaust, so als sei er gerannt.

Kyra atmete erleichtert auf. »Scheiße. Hast mich ganz schön erschreckt.«

»Ich hab geklingelt, aber es hat keiner aufgemacht.«

Natürlich, die Sicherung! »Ich hab den Strom abgeschaltet. Wahrscheinlich hängt die Klingel mit dran.«

Chris schaute sich im dunklen Garten um. »Wieso läufst du hier draußen rum? So ganz ohne Licht … und ohne Strom?«

Kyra seufzte und deutete zum Himmel. »Die Mondfinsternis. Ich wollte zuschauen.«

Die helle Sichel war jetzt so schmal, dass man sie mit bloßem Auge kaum noch erkennen konnte. Chris suchte einige Sekunden lang mit seinen Blicken den schwarzen Nachthimmel ab, ehe er die kläglichen Überreste des Vollmondes entdeckte.

»Hmhm«, meinte er, was nicht besonders intelligent klang (und das, obwohl Chris *ziemlich* intelligent war – so schwer es Kyra auch fiel, das zuzugeben). »Find ich nicht so besonders beeindruckend.«

»Aber *ich*«, gab sie trotzig zurück. Das Letzte, was sie jetzt brauchte, war jemand, der ihr erklärte, dass sie *anders* war. Denn normal wollte Kyra mehr als alles andere sein.

Mochte ihre Mutter auch eine berüchtigte Hexenjägerin gewesen sein, die zahllosen Kreaturen der Hölle den Garaus gemacht hatte; und mochte dieses Erbe auch auf Kyra übergegangen sein – alles, was sie wollte, war, so zu sein wie alle anderen.

Insgeheim aber wusste sie, dass das unmöglich war. Sie war nun mal eine Trägerin der Sieben Siegel. Und mehr noch als ihre drei Freunde spürte sie die Verantwortung, die mit den magischen Malen einherging.

»Ist das Konzert schon zu Ende?«, fragte sie.

Chris schüttelte den Kopf. »Es ist nach zehn. Sie mussten die Lautstärke runterdrehen. Danach war's langweilig.«

Das war noch eines der Ärgernisse, die Kyra heute Abend in Kauf nehmen musste. Einmal im Jahr fand auf der Wiese vor Giebelsteins Südtor ein Rockkonzert statt, mit Bands aus der Gegend. Nichts Besonderes, aber irgendwie doch ganz witzig. Einfach rumhängen, über die Musik meckern und zuschauen, wie sich die älteren Jugendlichen lächerlich machten, wenn sie ein paar Bier zu viel getrunken hatten. Kleinstadtattraktionen eben. Trotzdem hätte Kyra eine Menge dafür gegeben, gerade heute dabei sein zu können. Sie hatte eine ihrer »Phasen«, wie Tante Kassandra es nannte. Sie hätte aus allen möglichen Gründen losheulen können, und wenn es auch nur so was Albernes wie ein verpasstes Konzert war. Ihre Tante verstand das gut, aber sie hatte die Theaterkarten schon vor Monaten gekauft, und der Termin ließ sich nun mal nicht mehr verschieben.

»Dir geht's nicht gut, oder?«, bemerkte Chris mit leichter Sorge im Blick.

»Ich komm schon klar. Danke.«

»Wenn es nur wegen des blöden Konzerts ist, dann –«

Kyra unterbrach ihn. »Nicht deswegen. Ich bin in Ordnung, wirklich.«

Einen Augenblick lang sah Chris aus, als wollte er tröstend einen Arm um sie legen. Liebe Güte, dachte Kyra, wenn Lisa das sehen könnte …

Lisa war schrecklich verliebt in Chris, und alle schienen das zu bemerken, außer Chris selbst. Er wiederum machte Kyra schöne Augen und eigentlich fand sie das ganz angenehm. Vor allem heute Abend. Sie konnte ein wenig Trost gut gebrauchen, auch wenn sie das um nichts in der Welt offen zugeben würde.

Aber Chris nahm sie nicht in den Arm. Vielleicht schämte er sich. Kyra redete sich ein, dass es wahrscheinlich ohnehin ziemlich unbeholfen ausgesehen hätte.

Wenn da einen Moment lang ein Knistern zwischen ihnen in der Luft gelegen hatte, so verschwand es jetzt abrupt.

Chris atmete tief durch. »Komm, wir gehen ins Haus.«

Kyra schaute zum Himmel. Keine Spur mehr vom Vollmond, so als hätte ihn ein schwarzes Loch verschluckt, das als Nächstes auch sie selbst, Chris und die ganze Welt verschlingen würde.

Tante Kassandra nahm Johanniskraut, wenn sie solche Launen hatte. Kyra griff stattdessen zu ihrer lauwarmen Cola, die auf dem Wohnzimmertisch stand. Sie schmeckte wie Spülwasser.

Chris schloss hinter sich die Terrassentür. »Wo ist der Sicherungskasten?«

Kyra stellte die Dose ab. Erst jetzt fiel ihr wieder auf, wie dunkel es im Haus war. Die Schwärze schien von allen Seiten einen Satz auf sie zuzumachen wie eine Horde geschmeidiger Panter.

»Ich mach das schon«, sagte Kyra und tastete sich am Sofa und dem erloschenen Kaminfeuer vorüber.

Irgendwo hinter ihr stolperte Chris polternd über Tommys Bauklötze. Fluchend ließ er sich in einen Sessel fallen und schimpfte ausgiebig über sein angeschlagenes Knie.

Kyra erreichte die Wohnzimmertür. Vor dem letzten Schritt durch den Türrahmen zögerte sie plötzlich.

Etwas war anders.

Sie war nicht sicher, was es war. Aber irgendetwas hatte sich verändert.

Das Rechteck der Tür war rabenschwarz. Der Flur lag in völliger Finsternis, so undurchdringlich, als hätte jemand einen Vorhang vorgezogen. Kyra hatte mit einem Mal das Gefühl, die Schwärze berühren zu können, wenn sie die Hand danach ausstreckte.

Aber die Dunkelheit war nicht ungewöhnlich. Nicht ohne Strom. Nicht ohne Licht.

»Bleib ganz ruhig«, sagte sie sich. »Krieg jetzt nur keine Panik. Nicht wenn Chris dabei ist. Und außerdem: Seit wann fürchtest du dich im Dunkeln?«

Das tat sie nicht, nein, gewiss nicht. Auch wenn sie seit dem ersten Erscheinen der Sieben Siegel allen Grund dazu hatte.

Die Herdbeleuchtung!

Natürlich, das war es! Als sie die Sicherung ausgeschaltet hatte, war das kleine Licht unter der Abzugshaube in der Küche immer noch an gewesen. Der Schein war hinaus in den Flur gefallen und hatte ihr den Weg zurück ins Wohnzimmer gewiesen.

Jetzt aber war es aus.

Oder, nein, nicht aus. Es wurde verdeckt. Von etwas, das den gesamten Flur ausfüllte.

»Kyra!«, rief plötzlich Chris hinter ihrem Rücken. »Die Siegel …!«

Sie musste nicht erst auf ihren Unterarm schauen, um zu wissen, was er meinte. Die Sieben Siegel waren erschienen.

Etwas war hier im Haus. Vor ihr im Flur!

Sie federte einen Schritt zurück und im gleichen Moment hatten sich ihre Augen endlich an die Finsternis gewöhnt. Sie erkannte, was dort draußen im Gang war.

Kein Mensch. Kein Monster.

Es waren Zweige. Ein dichtes Dickicht aus Dornenzweigen. Sie hatten den gesamten Korridor zugewuchert, so lückenlos, dass nicht einmal das Licht aus der Küche hindurchdrang.

»Chris!« Sie schrie seinen Namen und war noch in derselben Sekunde bei ihm, riss ihn am Arm aus dem Sessel.

Er stellte keine Fragen. Der Anblick der Siegel war Erklärung genug. Es ging wieder los. Schon wieder.

Kyra erreichte die Terrassentür und riss den Hebel herunter. Die riesige Glaswand schob sich zur Seite. Ein kühler Windstoß wehte den beiden Freunden entgegen.

Sie hatten kaum die Terrasse betreten, als vor ihnen ein lautes Knistern und Rasseln ertönte, wie von einem Bulldozer, der durch das Unterholz eines Waldes walzt.

Dornenzweige rasten wie Tentakel eines Oktopus auf sie zu, von irgendwo aus der Finsternis. Chris und Kyra sprangen schreiend zur Seite. Ein ganzes Bündel Zweige schoss an ihnen vorüber. Wie der Gewebestrahl einer Riesenspinne fächerten die Äste auseinander und verschlossen die offene Tür. Das Dornendickicht, das jetzt den ganzen Eingang ausfüllte, sah aus wie hölzerner Stacheldraht.

Chris und Kyra hetzten von der Terrasse auf den Rasen.

Der Erdschatten war weitergewandert und gab die helle Scheibe am Himmel allmählich wieder frei.

Aber auch der Mond hatte sich verändert. Es gab keine dunklen Stellen mehr auf seiner Oberfläche, keine Schatten. Er war jetzt eine Kugel aus reinem, fleckenlosem Weiß. *Etwas fehlte.*

Kyra erkannte im selben Augenblick, was es war,

als Chris sie mit dem Ellbogen anstieß und über den Rasen zur nächsten Baumzeile deutete.

»Da vorne!«, flüsterte er.

Eine dunkle Gestalt hob sich von der mondbeschienenen Tanne ab. Ein pechschwarzer Umriss, als wäre die Finsternis zu etwas Festem geronnen. Nur Kontur, keine Tiefe.

Ein Mann, spindeldürr wie eine Heuschrecke.

Auf seinem Rücken trug er etwas, das aussah wie ein Rucksack.

Tatsächlich aber war es ein Bündel von Zweigen. *Dornenzweigen!* Und ihre Enden zuckten und bebten wie elastische Fangarme.

Kyra schaute erneut zum Mond empor. Ungläubig. Fassungslos.

Die Zweige auf dem Rücken des Mannes zuckten schneller, wurden länger, fächerten auseinander wie ein Netz.

»Wer, zum Teufel, ist denn das?«, entfuhr es Chris.

Kyra konnte den Blick nicht von der unheimlichen Gestalt nehmen, schwarz und gesichtslos, wie sie dastand.

»Du wirst es mir ja doch nicht glauben«, wisperte sie atemlos.

»Nun sag's schon.«

Kyra lachte plötzlich, aber es klang alles andere als fröhlich. Ein Ausdruck purer Panik.

»Das da vorn«, sagte sie, und ihre Stimme war nur ein Hauch, »ist der Mann im Mond.«

Dornentanz

Die Sängerin bewegte sich mit der Grazie einer Raubkatze über die Bühne. Sie trug einen hautengen dunklen Overall. Ihr langes schwarzes Haar wogte und wirbelte wie das Schlangenhaupt der Medusa. Trotz ihrer hohen Absätze sprang und tanzte sie mit einer Eleganz über den Köpfen des Publikums, die vor allem die Mädchen neidisch machte.

Ihre Stimme war hell und klar; sie übertönte mühelos die Instrumente der Musiker, die im Schatten jenseits der Scheinwerfer spielten. Dic Männer waren nur als Silhouetten zu sehen, vage Umrisse im Hintergrund der Bühne, auf die sich kein Lichtstrahl verirrte. Allein die geschmeidige Sängerin tobte durch die gleißenden Lichtkegel, rasant und verführerisch, und verwandelte die vorderen Reihen des Publikums in einen Hexenkessel.

Keiner hatte je zuvor von ihr gehört, aber alle waren hellauf begeistert. Für eine Unbekannte war ihr Auftritt erstaunlich professionell, doch auf den Plakaten tauchte nicht einmal ihr Name auf.

Schließlich stimmte sie das letzte Lied des Abends an. Es endete mit einem aufregenden Feuerwerk, das nicht nur die Bühne, sondern auch Teile der Festwiese und des Himmels in Flammen tauchte.

Der Applaus währte minutenlang. Die Sängerin verbeugte sich knapp, dann verschwand sie hinter der Bühne. Es gab keine Zugaben. Oben am Himmel wurde gerade der Mond vom Erdschatten verdunkelt.

Ein Großteil der jugendlichen Zuschauer strömte auseinander und verschwand durch das Stadttor in den Straßen und Gassen Giebelsteins. Einige der älteren blieben auf der Wiese sitzen, in kleinen Gruppen, palaverten, rauchten, tranken Bier und Cola.

Nils schaute auf seine Uhr. »Halb zwölf«, sagte er. »Mama und Papa werden schon am Fenster hocken.«

Lisa, seine Schwester, schüttelte den Kopf und klopfte sich Gras vom Minirock. »Sie wollten früh ins Bett gehen. Die werden gar nicht merken, wann wir nach Hause kommen.«

Seit das Hotel Erkerhof – oder Kerkerhof, wie Nils und Lisa das düstere Gemäuer nannten – umgebaut und renoviert wurde, waren ihre Eltern jeden Abend fix und fertig. Handwerkertrupps hielten sie den ganzen Tag auf Trab und zudem musste für den einen oder anderen Gast gesorgt werden. Viele waren es noch immer nicht, aber alle hofften, dass es mehr werden würden, wenn die Renovierung erst abgeschlossen war.

»Wo steckt eigentlich Chris?«, fragte Lisa mit einem Mal und schaute sich auf der Festwiese um. Oben auf der Bühne machten sich Helfer an Lautsprechern und Kabelsträngen zu schaffen.

»Keine Ahnung«, entgegnete Nils schulterzuckend. »War plötzlich weg.«

»Glaubst du, er ist zu –«

»Zu Kyra gegangen?«, führte Nils Lisas Satz zu Ende. Er zwinkerte ihr zu. »Eifersüchtig?«

»Ha, ha«, sagte sie giftig.

»Wir könnten hinlaufen. Mal sehen, was die beiden so treiben.«

Lisa schnitt ihm eine Grimasse, nickte aber dann. »Von mir aus.«

Zwei Minuten später eilten sie durchs Stadttor, die gepflasterte Hauptstraße entlang nach Norden. Sie mussten mehrfach abbiegen, durch enge Gässchen und Schneisen laufen, vorbei an uralten Fachwerkhäusern, Türmen aus Bruchstein und kleinen Plätzen, auf denen schmuckvolle Brunnen einsam vor sich hin plätscherten.

Ruths Haus lag im Westen Giebelsteins, an einer Stelle, wo ein Stück der Stadtmauer eingestürzt war, was eine Erweiterung der Grundstücke nach außen hin erlaubt hatte. Alle Häuser, die hier lagen, besaßen riesige Gärten, manche regelrechte Parkanlagen.

Das Haus, in dem Ruth lebte, war keine Ausnahme. Sie hatte es von ihren Eltern geerbt und mit dem Geld, das sie bis zu Tommys Geburt als Immobilienmaklerin verdient hatte, rundum erneuert. Alleinstehend hin oder her – Ruth wohnte in einer der schönsten Villen Giebelsteins.

Lisa und Nils passierten die Toreinfahrt.

Durchs Küchenfenster fiel schwacher Lichtschein. Hinter allen übrigen Scheiben herrschte Dunkelheit. Hohe, alte Bäume beugten sich über die Auffahrt und flankierten das Gebäude wie schweigsame Wachsoldaten.

»Sieht aus, als wäre keiner da«, meinte Nils, als sie die Treppe zur Haustür hinaufstiegen.

»Das Wohnzimmer liegt nach hinten raus«, erwiderte Lisa. »Kyra wird fernsehen.«

»Vergiss Chris nicht«, stichelte ihr Bruder.

Lisa strafte ihn mit Missachtung. Sie wollte gerade auf den Klingelknopf drücken, als ihr etwas einfiel. »Wir können nicht klingeln. Davon wird der kleine Schreihals wach.«

Nils hob die Schultern. »Gehen wir halt hintenrum.«

Sie liefen an der Seite der Villa vorbei. Bäume und Büsche wucherten hier fast bis zur Hauswand.

Nils stolperte prompt über eine leere Gießkanne. Der hohle Laut hallte dröhnend durch den Garten.

»Komisch, dass die Lampen nicht angehen«, wunderte er sich. »Beim letzten Mal waren hier überall Bewegungsmelder.«

»Kyra wird vergessen haben, sie einzuschalten«, vermutete Lisa.

Sie bogen um die Ecke. Vor ihnen lag die dunkle Terrasse und der vordere Teil des Gartens. Im Licht des Vollmondes sahen die Tannen und Büsche aus, als wären sie mit Eis überzogen.

Die Fensterfront des Wohnzimmers war dunkel.

»Was ist denn das?« Nils deutete auf die Schiebetür. Der Durchgang war mit irgendetwas ausgefüllt, das aussah wie ... Dornenranken!

Lisa blieb wie angewurzelt stehen. Ihr Blick raste instinktiv auf ihren Unterarm.

»Oh nein!«, entfuhr es ihr leise.

Nils schaute ebenfalls hin. Ein Zittern durchlief seinen Körper, als er die Sieben Siegel erkannte: vorzeitliche Schriftzeichen, die aussahen, als hätte ein mittelalterlicher Folterknecht sie mit heißem Eisen in die Haut gebrannt. Sie erschienen nur dann, wenn Gefahr drohte. Ansonsten blieben sie unsichtbar.

Die Geschwister rückten enger zueinander. Ihre Blicke rasten nervös durch den dunklen Garten. Falls irgendwo Gegner lauerten – und die Siegel hatten noch nie getrogen –, bot sich ihnen eine Unzahl von Verstecken. Die Schatten waren schwarz wie das Innere eines Tintenfasses.

»Chris?«, fragte Lisa unsicher. »Kyra?«

Niemand gab Antwort. Nur die Bäume rauschten leise im Nachtwind.

Nils trat ans Wohnzimmerfenster und versuchte, einen Blick hineinzuwerfen. »Zu dunkel«, meinte er schließlich.

»Glaubst du, die sind noch da drinnen?«

»Keine Ahnung.«

Lisa trat vor das Gewirr aus Dornenzweigen, das den Eingang versperrte. Vorsichtig streckte sie eine Hand danach aus.

»Autsch!« Hastig zog sie den Arm zurück und machte zwei Schritte nach hinten. Ein Blutstropfen glänzte auf ihrem Zeigefinger.

»He, pass auf«, rief Nils und schaute besorgt auf die Wunde. »Was, wenn das Zeug giftig ist?«

Lisa sah einen Augenblick lang zutiefst erschrocken aus, beruhigte sich dann aber schnell wieder. »Mach mir nur Mut. Vielen Dank!«

»Ich mein ja nur.«

»Ich hab die Dornen eigentlich gar nicht angefasst«, sagte Lisa und steckte sich den blutenden Finger in den Mund.

Als Nils sie verwundert ansah, fügte sie nuschelnd hinzu: »Die Schweige haben sisch bewegt. Schie schind auf misch schugekommen.«

Nils stöhnte. »Wir müssen die anderen finden. Und wenn ich die Scheibe einschlagen muss.«

»Tolle Idee. Die Alarmanlage wird losgehen.« Lisa schaute sich suchend auf der Terrasse um. Plötzlich entdeckte sie etwas.

»Schau mal! Da drüben!«

Sie deutete auf eine Schneise zwischen den Bäumen. Es sah aus, als sei der Einschnitt mit Gewalt durch Äste und Buschwerk getrieben worden, so als hätte ein Amok laufender Riese das Laub und die Tannenwedel mit bloßen Händen auseinandergerissen.

Lisa straffte sich und ging voraus, ohne auf Nils' Reaktion zu warten.

»He«, rief er ihr gepresst hinterher, »sollten wir nicht erst mal überlegen, ob –«

Sie unterbrach ihren Bruder, ohne sich umzusehen. »Chris und Kyra sind irgendwo dahinten. Und sie brauchen unsere Hilfe. Das weißt du so gut wie ich.«

Nils seufzte ergeben und folgte ihr. Noch während sie den Rasen überquerten, holte er auf und ging neben seiner Schwester.

Der Mond hatte jetzt wieder seine volle Größe. Im Näherkommen konnten sie die Schneise ein wenig besser erkennen.

Keiner von beiden hatte jemals etwas Vergleichbares gesehen.

Der Einschnitt war etwa drei Meter breit. Er zog sich durch die gesamte Baumgruppe, ein langer Korridor inmitten des Geästs. Zu beiden Seiten wuchsen Mauern aus Dornenzweigen empor, die die Zweige und Baumkronen zurückdrängten. Das wild wuchernde Gestrüpp voller Dornen, scharf wie Rasiermesser, wirkte feindselig und bedrohlich. Es kostete einige Überwindung, dazwischen hindurchzugehen.

»Wo kommt das Zeug her?«, fragte Nils kleinlaut. Er schien zu befürchten, die gefährlichen Dornenwände rechts und links von ihnen könnten plötzlich zusammenrücken und sie zerquetschen.

»Frag mich was Leichteres.« Lisa eilte die Schneise entlang und bemühte sich, die Seiten des bizarren Durchgangs nicht zu beachten. »Ich hab keine Lust, darüber nachzudenken.«

Nach etwa zehn Metern erreichten sie die andere Seite der Baumgruppe. Das Dornengeäst blieb zurück.

Vor ihnen öffnete sich eine weitere Rasenfläche, die in einiger Entfernung an einen Zaun grenzte. Dahinter lagen die grünen Hügel und Wiesen des Giebelsteiner Umlands.

Der Zaun war auf einer Länge von gut fünf Metern zerstört. Dornenranken wucherten um die zerfetzten Ränder, als wären sie wie ein Keil dazwischengetrieben worden und hätten das Maschengeflecht gesprengt.

»Dahinten!«, rief Lisa.

In einiger Entfernung hetzten zwei winzige Gestalten eine Hügelflanke hinauf. Weißes Mondlicht lag über den Wiesen und Hecken. Es fiel nicht schwer, Kyra und Chris zu erkennen. Aber sie waren nicht allein.

Etwas war ihnen auf den Fersen.

»Was ist das?« Lisa hörte sich reden, aber ihre Stimme klang, als gehöre sie einer Fremden.

Eine dritte Gestalt ging langsam den Hügel hinauf. Aus ihrem Rücken wuchsen lange, dünne Tentakel, die wirbelnd und zuckend durch die Luft fächerten. Die Entfernung der Kreatur zu Kyra und Chris betrug etwa dreißig Meter. Immer wieder stießen einige der schrecklichen Fangarme vor, wurden länger und länger und versuchten, die Flüchtenden zu packen. Die Bewegungen der Tentakel wirkten seltsam eckig und steif, nicht geschmeidig wie die eines Tintenfischs.

»Es sind die Zweige!«, murmelte Nils, völlig starr vor Schreck. »Die Dornenzweige kommen aus seinem Rücken!«

Lisa rannte bereits weiter.

»Bist du verrückt?«, rief Nils ihr hinterher. »Was glaubst du, wem du hilfst, wenn du dich mit diesem … diesem Ding anlegst?«

»Sollen wir hier rumstehen und zusehen?«

»Wir können es nicht aufhalten – geschweige denn uns dagegen wehren.«

Kyra und Nils verschwanden jenseits des Hügelkamms. Die Gestalt blieb oben auf der Kuppe stehen. Sie zögerte.

Dann drehte sie sich um.

Obwohl Lisa kein Gesicht erkennen konnte, wusste sie, dass die Augen des Wesens sie über die Entfernung hinweg fixierten. Es war ein Gefühl, als erstarrten ihre Innereien zu Eis. Sie konnte diese unsichtbaren Blicke auf ihrer Haut spüren wie Nadelstiche.

Sie ahnte, welcher Gedanke der Kreatur durch den Kopf ging: Waren Lisa und Nils eine leichtere Beute als die beiden anderen?

Lisa hatte nicht vor, dem Wesen die Chance zu geben, sich Gewissheit zu verschaffen. Sie fuhr herum, gab Nils einen kräftigen Stoß gegen den Arm und rannte zurück zum Haus. Ihr Bruder schien erleichtert, dass sie doch noch zur Vernunft gekommen war. Ohne zu zögern, stürmte er hinterher.

Sie waren bereits mitten in der Dornenschneise, als Lisa plötzlich wie angewurzelt stehen blieb. Das Geäst rauschte leise, bewegte sich wie Gewürm auf dem Grunde einer Schlangengrube.

»Das ist nur der Wind«, beruhigte Nils sie atemlos. »Komm, weiter.«

Aber Lisa zögerte noch immer. Sie wagte sich nicht weiter, aus Angst, jeder weitere Schritt könnte das unheimliche Dornendickicht zum Leben erwecken.

Nils zog ungeduldig an ihrem Arm. »Wir müssen hier weg!«

»Die Zweige ... auf seinem Rücken ... sie haben *gelebt*.«

»Ja, natürlich«, entgegnete er entnervt. »Aber die hier sind tot, das siehst du doch!«

Er glaubte nicht wirklich daran – war sich zumindest alles andere als sicher –, aber es würde das Ganze nur noch schlimmer machen, wenn sie ihrer Angst jetzt nachgaben und einfach stehen blieben. Lisa wusste das natürlich genauso gut wie er, aber manchmal lässt einen der Schock einfach Dinge tun, die dem Verstand widersprechen.

Es war schon sonderbar. Eben noch hatte Nils sich vor den Dornenwänden gefürchtet; jetzt aber war Lisa diejenige, die kaum noch Luft bekam vor Furcht. Ihr Bruder musste sie regelrecht hinter sich herzerren, bis sie endlich wieder den Rasen vor der Terrasse erreichten.

Lisas Schockzustand löste sich allmählich.

Mochten ihr und den anderen noch so viele Monster und Kreaturen der Finsternis begegnen, es bewahrte keinen von ihnen davor, hin und wieder solche Aussetzer zu haben – Augenblicke, in denen die Angst sie übermannte wie eine Sturmflut. Es passierte jedem von ihnen, und immer dann, wenn sie es am wenigsten gebrauchen konnten.

Die Geschwister rannten am Haus vorbei. Im Dunkeln stolperte Nils erneut über die Gießkanne, und er wäre gestürzt, hätte Lisa ihn nicht geistesgegenwärtig festgehalten und zurück auf die Beine gezogen.

Als sie endlich die Straße erreichten und in das nächtliche Gassengewirr Giebelsteins eintauchten, wagten sie zum ersten Mal wieder, hinter sich zu blicken. Sie sahen nicht, ob sie verfolgt wurden; sie waren bereits um zu viele Ecken gelaufen und ihr Gegner konnte hinter jeder einzelnen lauern.

Auch wussten sie nicht, wie schnell er war. Konnte er sich einfach an einem Ort in Luft auflösen und an einem anderen wieder erscheinen? Würde er sie vielleicht aus der Luft angreifen wie ein Falke aus dem pechschwarzen Nachthimmel?

Nicht daran denken!, hämmerte sich Lisa ein. Nur nicht daran denken!

Ein Rascheln war zu hören. Gleich hinter der letzten Biegung.

Lisa ballte beide Hände zu Fäusten. Sie hasste es, so hilflos zu sein.

Aber um die Ecke klapperte lediglich ein leerer Pappbecher, den der Wind über das holprige Pflaster trieb.

Die Geschwister atmeten auf.

»Wohin?«, fragte Nils keuchend. Er hatte Seitenstechen und presste seine Hand in die Taille.

Lisas Gedanken wirbelten umher wie verängstigte

Schmetterlinge. Bilder der schrecklichen Gestalt mit den Tentakelzweigen, von Chris und Kyra auf der Flucht und immer wieder von ihr selbst, eingewoben in ein Nest von Dornenranken, geisterten ihr durch den Kopf. Es war schwer, sich dabei auf einen Plan zu konzentrieren.

»Wohin werden Chris und Kyra wohl laufen?«, fragte sie leise, wie in einem Selbstgespräch.

Die Antwort gab sie sich gleich darauf selbst, und sie konnte Nils ansehen, dass er auf Anhieb den gleichen Gedanken fasste.

Sie nickten einander zu, in stummem Einverständnis.

Ein letztes tiefes Durchatmen, dann rannten sie los.

Die Mutter des Mondes

Das alte Hügelgrab lag weit außerhalb der Stadt, jenseits des stillgelegten Bahndamms, der Giebelstein von den endlosen Wäldern im Norden trennte.

Der Weg dorthin führte über Trampelpfade, die im Schatten dichter Hecken verliefen. Mondbeschienene Wiesen wogten raschelnd im Wind, hier und da schrak ein Tier von seiner nächtlichen Jagd auf und verschwand zwischen hohem Gras oder im Dickicht der Begrenzungshecken.

Lisa und Nils zwängten sich durch die Brombeerbüsche, die auf beiden Seiten des Bahndamms wuchsen, dann sahen sie das Hügelgrab vor sich. Es lag inmitten des Wiesenstreifens, der sich zwischen dem überwucherten Schienenstrang und dem Waldrand erstreckte.

Auf den ersten Blick wirkte es nicht einmal besonders spektakulär: Die Kuppe des Hügels war in grauer Vorzeit abgetragen und aus Stein neu errichtet worden, ein flach gewölbter Rundbau, in dessen Innerem ein Stollen bis zu einer uralten Grabkammer führte. Natürlich lag kein Leichnam mehr darin. Der Keltenfürst, den man einstmals dort aufgebahrt hatte, war schon vor Jahrhunderten zu Staub zerfallen, seine Grabbeigaben waren von Plünderern gestohlen worden. Was danach noch übrig gewesen war, hatten neugierige Wissenschaftler während der letzten hundert Jahre fortgeschafft.

Heute stand das Hügelgrab leer und niemand ging mehr dorthin.

Niemand, außer Kyra, Lisa, Chris und Nils.

Das Grab war ihr Lieblingsort, obwohl es einige Mühe kostete, sich durch den verbarrikadierten Eingang zu quetschen. Erwachsene hätten niemals durch den Spalt zwischen den Brettern gepasst und auch die vier Freunde würden in spätestens ein, zwei Jahren zu groß dafür sein.

Aber noch war das Hügelgrab für sie so etwas wie ein zweites Zuhause. Hierher kamen sie, wenn sie ungestört sein wollten, in einer Welt ohne Erwachsene, ohne Schule und Bring-doch-mal-den-Müll-raus. Hier waren sie unter sich.

Lisa und Nils erreichten die Sperre, die aus Balken und Brettern vor dem Einstieg zum Grab errichtet worden war. Man hätte eine Kettensäge gebraucht, um der Barrikade ernsthaft zu Leibe zu rücken. Nur eine schmale Öffnung klaffte zwischen zwei wuchtigen Balken.

Bevor Lisa ins Innere schlüpfen konnte, hielt Nils sie zurück. »Warte!«, flüsterte er. Dann presste er sein Gesicht an den Spalt. »He!«, rief er, »seid ihr da drinnen?«

Einige Sekunden lang schien es, als würde er keine

Antwort erhalten, doch dann schälte sich plötzlich Kyras bleiches Gesicht aus der Dunkelheit.

»Wir sind hier!«, flüsterte sie. »Kommt rein, schnell! Und macht um Gottes willen keinen Lärm!«

Wenig später hatten Lisa und Nils die Sperre bewältigt und folgten Kyra eilig den Stollen hinunter zur Grabkammer.

Chris erwartete sie schon ungeduldig. Mit beiden Händen beschirmte er eine Kerze, damit das Licht nicht weiter als bis zum Eingang der Kammer fiel.

»Wenn ihr wüsstet, was –«, begann er, doch Lisa fiel ihm ins Wort:

»Wir haben euch gesehen. Vom Garten aus. Was, zum Teufel, war das für ein Kerl?«

Kyra und Chris wechselten einen kurzen Blick.

»Der Mann im Mond«, sagte Kyra. Ihr Gesichtsausdruck blieb todernst.

Nils ließ sich mit dem Rücken gegen die grobe Steinwand fallen. »Der Mann –«

»... im Mond, allerdings«, bestätigte Chris. »Klingt verrückt, ich weiß. Aber Kyra hat recht. Er ist gleich nach der Mondfinsternis aufgetaucht.«

Kyra schaute die Geschwister eindringlich an.

»Habt ihr euch seitdem mal den Vollmond angeschaut? Er ist leer!«

»Du meinst, so leer wie mein Sparbuch?«, fragte Lisa zaghaft. Sie wusste, dass Kyra und Chris niemals Unsinn reden würden, schon gar nicht in solch einer Situation. Trotzdem klang das, was sie sagten, völlig verrückt.

»Es sind keine Schatten mehr auf dem Mond. Er ist einfach nur weiß, wie eine Billardkugel.«

»Und ihr meint«, Nils verzog zweifelnd das Gesicht, »diese Schatten sind jetzt hier, bei uns in Giebelstein? Als echter *Mann*?«

Kyra zuckte nervös die Achseln. »So sieht's jedenfalls aus. Das ist die beste Erklärung, die wir haben.«

Chris nickte überzeugt. »Und die einzige.«

Lisa lief aufgeregt in der Kammer auf und ab. Der Raum war vollkommen kahl, sogar der Steinblock, auf dem man einst den Toten aufgebahrt hatte, war vor langer Zeit abtransportiert worden. »Er wird uns finden, oder?«, fragte sie, als sie endlich zur Ruhe kam und stehen blieb. »Sie finden uns immer. Diese bescheuerten Siegel –«

»Hey«, unterbrach Kyra sie sanft und ging zu ihr. »Das hat doch keinen Zweck. Sich schon wieder darüber aufzuregen, meine ich. Wir werden die Dinger nicht los.«

»Willst du das denn überhaupt?«, fragte Nils hinter ihrem Rücken.

Kyra fuhr herum. Ihre Augen blitzten streitlustig. »Wie meinst du das?«

Nils dachte offenbar gar nicht daran, klein beizugeben. »Deine Mutter hat diese Siegel ein Leben lang getragen. Du bist ihre Tochter. Manchmal hab ich das Gefühl, als würde dir das alles einen Wahnsinnsspaß machen.«

»Spaß? Von einem Monster durch die Gegend gescheucht zu werden?« Sie verzog das Gesicht. »Ich kann mir was Angenehmeres vorstellen.«

»Tatsächlich? Etwa babysitten?«

»Hört auf!«, ging Chris dazwischen. Nils hatte recht, das war Chris klar, auch wenn Kyra es nicht wahrhaben wollte. Seit sie die Siegel trugen, war Kyra ganz versessen darauf, sich mit den Kreaturen der Hölle anzulegen, egal ob absichtlich oder unbewusst. Es war, als zwinge sie irgendeine Macht, den Taten ihrer Mutter nachzueifern.

Aber Kyra war erst zwölf. Im Gegensatz zu ihrer Mutter hatte sie nicht die geringste Ahnung von Magie und Hexerei. Sie besaß keinerlei Waffen, um den Dämonen entgegenzutreten – ganz zu schweigen von ihren drei Freunden, die mehr oder minder zufällig in diese Sache hineingeschlittert waren.

Kyras Mutter war, bevor sie zur Seite des Guten übergelaufen war, ein Mitglied des Arkanums gewesen, einem weltweiten Geheimbund von Hexen, der schon seit dem frühen Mittelalter Unschuldige ins Verderben trieb. Auch heute war das Arkanum noch aktiv, und seit Kyra und ihre Freunde die Wiedergeburt des Hexenmeisters Abakus verhindert hatten, machte der Hexenbund Jagd auf sie.

»Glaubt ihr, das Arkanum steckt dahinter?«, fragte Chris in das allgemeine Schweigen hinein.

Kyra seufzte. »Wer weiß? Hexen haben schon zur Zeit der alten Römer den Mond angebetet. Es heißt sogar, die Mondgöttin Diana sei die erste aller Hexen gewesen.«

Lisa schaute sie verwundert an. »Woher weißt du so was?«

»Ich hab in ein paar Büchern gestöbert, die in Tante Kassandras Bücherzimmer rumstehen. Ich glaube, sie haben früher meiner Mutter gehört.«

»Zauberbücher?«, fragte Nils fasziniert.

Kyra schüttelte den Kopf. »Nee, nur Sachbücher über Hexerei. Nichts Besonderes, kann man wahrscheinlich in jedem Buchladen kaufen.«

»Und was genau stand drin?«, wollte Chris wissen.

»Alles Mögliche. Vieles über die Hexenverfolgung im Mittelalter. Ein paar Überlieferungen über Zauberrituale. So 'n Zeug eben. Das Arkanum wird übrigens kein einziges Mal erwähnt. Die Geheimhaltung scheint ganz gut zu klappen.«

Nils zog ein langes Gesicht. »Kein Wunder, wenn man jeden, der davon weiß, in eine Kröte verwandelt ... oder in Schlimmeres.«

Chris ging immer noch das im Kopf herum, was Kyra zuvor gesagt hatte. »Wie war das mit dieser Mondgöttin?«

»Diana, die Mutter des Mondes«, erklärte Kyra. Sie ließ sich im Schneidersitz auf dem Boden nieder. Lisa und Chris setzten sich zu ihr, nur Nils blieb im Durchgang zum Stollen stehen und warf immer wieder sorgenvolle Blicke zum Ausgang.

»Sie war die Tochter Jupiters, die Göttin des Mondes und der Jagd. Die Römer verehrten sie in eigenen Tempeln. Die Tempelanlage in Ephesus war sogar eines der sieben Weltwunder. Manche behaupteten, Diana sei die Schöpferin allen Lebens: Sie schuf die Menschen, die Tiere, die Elfen, die Zwerge … Na ja, das hat man sich zumindest so erzählt.« Kyra versuchte, sich an alles zu erinnern, was sie darüber gelesen hatte, aber das war nicht ganz einfach – sie hatte sich diesen Dingen nur sehr halbherzig gewidmet. »Auf jeden Fall haben viele Hexenkulte in späteren Jahren, lange nach dem Untergang der Römer, die Verehrung der Mondgöttin fortgeführt.«

»Ich dachte, Hexen beten den Teufel an«, warf Lisa ein.

»Die katholische Kirche hat im Mittelalter vieles als Teufelei abgestempelt, was eigentlich einen ganz anderen Ursprung hatte: Naturgeister, Kräuterkunde und so weiter. Diana war auch darunter.«

»Aber das Arkanum *ist* böse«, beharrte Nils.

»Oh ja«, bestätigte Kyra. »Das Arkanum ist mit Satan im Bunde, daran besteht kein Zweifel. Aber das ändert nichts daran, dass die Hexen des Arkanums sich auch mit der alten Mondmagie auskennen. Was bedeutet, dass sie Macht über den Mann im Mond haben könnten. Damit sind sie es wohl auch gewesen, die ihn herbeibeschworen haben.«

»Extra für uns«, brummte Chris verdrossen.

»Na toll«, meinte Nils. »Und nun?«

»Erst mal sollten wir rausfinden, was genau dieser Mann im Mond eigentlich ist«, schlug Lisa vor.

»Glaubst du, in den Büchern deiner Tante steht irgendwas darüber?«, fragte Chris, an Kyra gewandt.

»Gut möglich. Wir könnten nachsehen.«

»Dann müssten wir wieder über die Wiesen«, sagte Nils. »Keine gute Idee.«

Chris funkelte ihn gereizt an. »Hast du eine bessere?«

Nils hob abwehrend die Hände. »Man wird ja wohl noch was anmerken dürfen, oder?«

»Hört auf zu streiten!«, fuhr Kyra die beiden wütend an. »Wenn ihr wollt, dann gehe ich halt allein.«

»Kommt gar nicht infrage«, sagte Chris eilig. »Ich komme mit.«

»Wir kommen alle mit«, sagte Lisa und warf ihrem Bruder einen strafenden Blick zu.

Nils zuckte nur mit den Schultern, dann nickte er. »Klar. Bin schon unterwegs.«

So machten sie sich erneut auf den Weg. Schweigend verließen sie das Hügelgrab und stellten draußen erleichtert fest, dass sie weder vom Mann im Mond noch von den Hexen des Arkanums erwartet wurden.

Nils suchte den nächtlichen Himmel ab. »Sieht irgendwer Fliegende Fische?«

Jede Hexe des Arkanums trug als Erkennungszeichen eine Handtasche aus Krokodilleder bei sich, in der ein gefräßiger fliegender Tiefseefisch hauste. Woher die Fische kamen und weshalb sie ohne Wasser überleben konnten, wusste niemand. Fest stand nur, dass die Fische die schwarzen Katzen, die früher die Vertrauten der Hexen gewesen waren, kurzerhand aufgefressen hatten. Seither dienten sie den Hexen als lebende Waffen, die sich zähnefletschend auf jeden Gegner stürzten. Die Freunde hatten schon einmal mit den Fischen zu tun gehabt, und keinem war wohl bei dem Gedanken, dass sich die Ereignisse von damals wiederholen könnten.

Aber in dieser Nacht war der Himmel leer. Kein Hexenfisch weit und breit.

Sie erklommen den Bahndamm und hielten von dort erneut Ausschau nach möglichen Gefahren. Die Hecken, die kreuz und quer über das Hügelland verliefen, boten hervorragende Verstecke. Wenn der Mann im Mond es tatsächlich darauf anlegte, ihnen aufzulauern, hatten sie keine Chance, ihn früh genug aufzuspüren. Andererseits war er bei seinem ersten Erscheinen alles andere als vorsichtig gewesen. Sich hinter Hecken zu verstecken, passte nicht zu ihm. Er hatte ohnehin nichts zu befürchten.

Wenig später ragte die alte Stadtmauer Giebelsteins vor ihnen auf. Von hier aus war es nicht mehr weit.

Plötzlich blieb Kyra stehen. Als die anderen sich zu ihr umschauten, war ihr Gesicht kreidebleich.

»Was ist?«, fragte Chris.

Kyra hatte Mühe, den Kloß in ihrem Hals herunterzuwürgen. »Wir haben was vergessen«, sagte sie leise. »Was Wichtiges.«

Ihre Freunde wechselten unsichere Blicke.

»Was meinst du?«, fragte Lisa.

Kyra atmete tief durch. Dann sagte sie nur ein einziges Wort:

»Tommy.«

Zurück in die Höhle des Löwen

Stille lag über der Villa.

Finsternis umhüllte das Haus wie schwarze Watte. Nur durch das Küchenfenster fiel der fahle Schein der Herdbeleuchtung.

»Der Kleine schreit nicht«, stellte Lisa tonlos fest. »Ist das ein gutes oder ein schlechtes Zeichen?«

Keiner wusste darauf eine Antwort. Sie standen am Fuß der Auffahrt und blickten zum Haus hinauf. Kyra erschien es, als hätten sich die Kronen der Bäume zu beiden Seiten der Villa noch tiefer herabgebeugt, bereit, jeden Augenblick mit knirschenden Astfingern zuzupacken.

»Ist doch sinnlos, wenn wir hier noch länger rumstehen«, meinte Chris ungeduldig. »Wir gehen rein, holen den Schreihals raus und verschwinden wieder.«

»Klar, Rambo«, entgegnete Nils giftig. »Leider hast du deine Knarre vergessen.«

Sie hatten erst überlegt, sich aufzuteilen – zwei würden zu Kyras Haus gehen und nach Büchern über den Mann im Mond suchen, die beiden anderen sollten Tommy aus Ruths Villa holen und ihn bei den Nachbarn abliefern. Dann aber hatten sie sich doch entschlossen zusammenzubleiben. Wenn sie überhaupt eine Chance gegen das dämonische Mondwesen hatten, dann nur weil sie in der Überzahl waren. Wenigstens hofften sie das.

»Okay«, meinte Kyra schließlich und straffte sich. »Dann mal los!«

Sie rannten die Auffahrt hoch zum Eingang. Kyra hielt den Hausschlüssel in der Hand. Sie sprangen die Stufen hinauf, horchten erneut. Völlige Stille umgab sie, nur die Bäume säuselten leise im Wind.

Während Kyra die Tür und das Sicherheitsschloss öffnete, bildeten ihre drei Freunde um sie einen Halbkreis und beobachteten wachsam die Umgebung.

Augenblicke später standen sie im dunklen Flur. Der hintere Teil des Gangs war immer noch mit dichtem Dornendickicht ausgefüllt. Keiner war allzu erpicht darauf, näher als nötig an die Zweige heranzugehen.

Kyra wollte die Tür hinter ihnen schließen, als Chris sie zurückhielt. »Einer sollte hierbleiben und Wache halten«, flüsterte er.

Kyra nickte. »Wer will?«

»Von mir aus«, seufzte Lisa. »Ich bleib hier.«

Zu ihrem Erstaunen sagte Chris: »Ich auch. Ist doch Quatsch, wenn wir den Kleinen zu dritt aus dem Bett holen.«

Kyra und Nils rannten los, die Treppe hinauf, und verschwanden aus dem Blickfeld ihrer beiden Freunde. Lisa lehnte sich gegen die Wand neben der Haustür, die immer noch einen Spaltweit offen

stand. Nervös strich sie sich das Haar aus der Stirn und schaute Chris an.

»Glaubst du, er ist hier im Haus?«, fragte sie im Flüsterton.

»Der Mann im Mond?« Er schüttelte den Kopf. »Scheint nicht so. Ich hoffe nur, der kleine Krachmacher liegt noch in seinem Bett.«

Sekunden des Schweigens vergingen, während Lisa Chris immer wieder unauffällig musterte. Er wirkte älter, als er in Wirklichkeit war, und sah, nicht nur in Lisas Augen, ziemlich gut aus. Aber es war nicht allein sein Äußeres, das ihr an ihm gefiel. Wenn er bei ihr war, fühlte Lisa sich immer ein wenig sicherer als ohne ihn, gerade in Situationen wie dieser. Dabei hatte sie mittlerweile gelernt, selbst ganz gut auf sich Acht zu geben. Trotzdem – mit Chris an ihrer Seite war es etwas anderes. Vielleicht weil seine Anwesenheit sie von allem anderen ablenkte.

Von ihren Ängsten. Ihren Sorgen.

Von der Haustür und dem Vorgarten.

»Pass auf.« Chris' Aufschrei riss sie abrupt aus ihren Gedanken.

Sie wirbelte erschrocken herum und ließ sich zur Seite fallen, als etwas von außen gegen die Tür krachte und den Flügel nach innen stieß. Lisa schrie auf und sah aus dem Augenwinkel, wie etwas Glänzendes, Silbernes über sie hinwegschoss, im Flur einen Haken schlug und erneut auf sie zuraste.

Ohne zu überlegen, sprang sie ins Freie und schlug von außen die Haustür zu.

Der Fliegende Fisch prallte gegen die Innenseite. Sogar durch das Holz konnte sie das wütende Schnappen seiner Kiefer hören.

Chris!, dachte sie panisch. Er war jetzt allein mit dem Fisch im Flur.

Während Lisa verzweifelt seinen Namen rief, gab sich Chris im Inneren noch lange nicht geschlagen. Er sah, wie der Fisch gegen die Tür knallte, seine schrecklichen Haifischzähne fletschte und herumwirbelte. Verschlagen funkelten seine Augen Chris entgegen.

Ein einziger Schlag mit den Flughäuten, dann schoss der Fisch auf ihn zu. Blindwütig, erfüllt von dämonischem Zorn. Von einem einzigen Gedanken besessen – sein Opfer zu töten!

Chris stand breitbeinig am anderen Ende des Flurs, nur einen Schritt von der Mauer aus Dornenranken entfernt. Ihm blieb keine Zeit, sich vor den Stacheln zu fürchten. Der Angriff des Hexenfischs erforderte seine ganze Aufmerksamkeit.

Immer größer wurde das aufgerissene Maul, das durch den Flur auf ihn zuraste. Immer länger die Zähne, immer tiefer der Schlund.

Noch drei Meter, zwei …

Chris ließ sich fallen.

Der Fisch war zu schnell, seine bösartige Intelligenz zu sehr vom eigenen Hass zerfressen. Wie ein silberner Blitz schoss er über Chris hinweg.

Doch diesmal war das Hindernis, auf das er stieß, keine glatte Haustür.

Diesmal waren es fingerlange Dornen, so hart und scharf wie Stahlklingen.

Unfähig, seinen Flug abzubremsen, wurde der Höllenfisch von den Stacheln aufgespießt. Wie ein Luftballon zerplatzte er in einer Explosion aus silbernem Schleim, der in weitem Umkreis alles besudelte: die Zweige, die Wände – und Kyra, die gerade mit Tommy im Arm die Treppe herabstürmte.

Nils prallte von hinten gegen sie, beide stolperten und stürzten. Tommy flog aus Kyras Armen – und wurde im letzten Moment von Chris aufgefangen, der sich eben wieder aufrappelte.

»Wo ist Lisa?«, rief Nils alarmiert, als er wieder auf die Füße sprang.

»Draußen«, presste Chris hervor. Tommy regte sich in seinen Armen, erkannte in ihm einen Fremden und begann, steinerweichend zu schreien.

Kyra lief zur Haustür und öffnete sie. Lisa stand draußen auf der Fußmatte und wandte ihr den Rücken zu. Sie bewegte sich nicht.

»Lisa?«, fragte Kyra vorsichtig und tippte gegen ihren Oberarm.

Lisa hob eine Hand und deutete zitternd die Auffahrt hinunter zur Straße. Angespannt schauten die drei anderen über ihre Schulter.

Zwischen den Pfosten des Tors, unten auf dem Bürgersteig, stand eine einsame Gestalt. Eine schlanke Frau in einem hautengen schwarzen Overall. Langes Haar flatterte im Wind. Sie trug hohe Plateauschuhe. Man hätte sie für ein Model halten können.

Es war die Sängerin, die am Abend auf der Festwiese aufgetreten war.

An ihrem Arm baumelte eine leere Tasche aus Krokodilleder.

Sie warf den vier Freunden einen Blick voller Hass und Verachtung zu, dann drehte sie sich auf dem Absatz herum und verschwand in der Nacht.

Der Fluch des Fremden

Kyra lieferte Tommy bei Ruths Nachbarin ab. Die Frau war alles andere als erfreut, um diese Uhrzeit aus dem Schlaf gerissen zu werden. Von den Ereignissen im Nachbarhaus hatte sie nichts bemerkt, und sie beschimpfte Kyra aufs Übelste, als diese ihr kurzerhand erklärte, sie könne sich heute nicht weiter um den Kleinen kümmern.

Kyra ließ die wetternde Frau mit dem Kind im Arm zurück und lief zurück zu ihren Freunden, die unten an der Straße auf sie warteten. Alle waren angespannt. Lisa kaute an ihren Fingernägeln.

Gemeinsam machten sie sich auf den Weg zu Kyras Haus.

Der Fachwerkbau grenzte unmittelbar an das nördliche Stadttor. Im Erdgeschoss befand sich Tante Kassandras Teeladen. Der Schein einer einzelnen Straßenlaterne fiel schräg durchs Schaufenster und brach sich auf den lackierten Teedosen in den Regalen.

Kyra führte ihre Freunde durch die schmale Toreinfahrt neben dem Geschäft auf einen winzigen Innenhof. Er war übersät mit Pflanzenkübeln und Blumenkästen. Efeu und wilder Wein rankten an den Mauern empor.

Kyra blieb abrupt stehen.

Die Hintertür zur Küche stand offen.

»Jemand ist hier«, zischte Kyra und hielt die anderen zurück.

Chris löste sich aus der Gruppe und trat vorsichtig an die offene Tür. Dahinter herrschte tiefe Dunkelheit.

»Du stellst nicht zufällig *überall* den Strom ab, wo du hingehst, oder?«, flachste er, aber niemand lachte.

»Geh nicht so nah ran«, flüsterte Lisa ihm besorgt zu.

Chris streckte eine Hand nach dem Türrahmen aus. Er hob eine Augenbraue, als er an der Innenseite etwas ertastete.

»Was ist da?«, fragte Kyra und eilte zu ihm.

Chris zog die Hand zurück. Zwischen seinen Fingern hielt er ein abgebrochenes Stück Dornenranke. Eine seiner Fingerkuppen blutete leicht. »Baut deine Tante vielleicht verbotene Pflanzen in ihrer Küche an?«

Kyra war bleich geworden. »Er ist hier.«

»Vielleicht haben wir ihn verpasst …«, meinte Chris und fügte hinzu: »Tommy sei Dank.«

Nils setzte sich in Bewegung und wollte zurück zur Hofeinfahrt. »Nix wie weg hier.«

»Jemand muss nach den Büchern sehen«, sagte Chris.

Nils starrte ihn fassungslos an. »Selbstmord wegen ein paar alter Schinken? Wir wissen ja nicht mal, ob irgendwas drinsteht, was uns gegen diesen Mistkerl hilft.«

Kyra drehte sich zu ihm um. »Chris hat recht. Alles, was wir sonst tun können, ist, vor ihm davonzulaufen. Und am Ende werden ihn die Siegel immer wieder zu uns führen. Wir haben –«

»Keine Wahl, ich weiß«, unterbrach Nils sie. »Dein Lieblingssatz.«

Kyra seufzte und wandte sich zur Tür. »Ihr wartet alle hier. Ich schaue nach den Büchern.«

»Ich komme mit«, sagte Chris.

Kyra schüttelte entschieden den Kopf. »Nein. Ich weiß, wo ich die richtigen Bände finde. Dafür brauche ich nun wirklich kein Kindermädchen.«

Chris wirkte ein wenig beleidigt, gab aber nach. »Wie du meinst.«

Wortlos tauchte Kyra in die Dunkelheit der Küche.

Es war zu finster, um zu erkennen, wo der Mann im Mond seine Spuren hinterlassen hatte. Kyra lief zielstrebig zu einer Schublade, in der ihre Tante eine Taschenlampe aufbewahrte, damit sie und Kyra auch im Dunkeln auf dem unbeleuchteten Hof Kaminholz holen konnten.

Kyra ließ das Licht aufflammen – und wünschte noch im gleichen Moment, sie hätte es nicht getan.

Die Decke der Küche war mit Dornenranken eingesponnen, die sich entlang der beiden Türen bis hinab zum Boden erstreckten. Obwohl von ihnen keine direkte Gefahr ausging –die Zweige bewegten sich nicht und schienen ohne Leben zu sein –, war der Anblick beinahe zu viel für Kyra. Angst legte sich auf ihre Brust wie ein Zentnergewicht.

Egal – sie musste weiter!

Es kostete sie einige Überwindung, durch die Küchentür hinaus in den Flur zu treten. Sie fand den Lichtschalter und drückte darauf. Die Strahler an der Decke warfen grellen Schein in alle Winkel des Flurs und des Treppenhauses.

Auch hier zogen sich vereinzelte Dornenranken über Wände und Decke, aber es war nicht so schlimm wie in der Küche. Vielleicht hatte der Mann im Mond sich hier nicht so lange aufgehalten.

Kyra atmete tief durch, dann hastete sie, ohne nachzudenken, die Treppe hinauf, hoch in den ersten Stock, in Tante Kassandras Bücherzimmer.

Der Raum machte seinem Namen alle Ehre. Vom Boden bis zur Decke wuchsen eng bestückte Bücherregale empor. Auch auf dem Teppich türmten sich hohe Stapel von Bänden allen Alters, vom zerfledderten Taschenbuch bis zum uralten Folianten. Die meisten Bücher beschäftigten sich mit Esoterik, Okkultismus und der Zubereitung exotischer Teesorten. Auf der Innenseite der Tür hing ein vergilbtes Woodstock-Plakat. Über dem durchgesessenen Lesesessel baumelte ein Fächer von der Decke, der mithilfe einer Schnur bedient werden konnte – er hatte die Form eines überdimensionalen Hanfblattes.

Dornenzweige waren nirgends zu sehen, sie endeten unten auf der Treppe. Der Mann im Mond musste sich zurückgezogen haben, als er bemerkt hatte, dass sich niemand im Haus aufhielt. Kyra schauderte bei dem Gedanken, was geschehen wäre, wenn ihre Tante heute *nicht* mit Ruth ins Theater gefahren wäre.

Zielstrebig trat sie an das Regal, in dem Kassandra ihre Bücher über Aberglauben und Naturreligionen aufbewahrte. Wenn überhaupt, würde Kyra nur hier fündig werden.

Vergeblich suchte sie nach einem Band, der sich schon im Titel auf den Mond bezog, bis sie dann wahllos ein Buch in englischer Sprache hervorzog. *Curious Myths of the Middle Ages,* stand als Titel darauf – *Sonderbare Mythen des Mittelalters.* Der Name des Autors war S. Baring-Gould, was nicht einmal Aufschluss darüber gab, ob es sich um einen Mann oder um eine Frau handelte. Der Band stammte aus dem Jahr 1867, und entsprechend zerlesen und brüchig waren seine Seiten.

Sie hatte Glück: Eine der Legenden, die das Buch behandelte, war die vom Mann im Mond.

Kyra schob sich das Buch unter den Arm, suchte noch eine Weile weiter, fand aber nichts Erfolg Versprechendes. Chris würde sich den Band vornehmen müssen. Sein Vater war Diplomat gewesen, ehe er sich in Giebelstein zur Ruhe gesetzt hatte, und Chris hatte seine Kindheit in einem halben Dutzend verschiedenen Ländern verbracht. Er beherrschte sechs Sprachen, vier davon fließend. Das Buch würde ihm keine Probleme bereiten.

Sie verließ das Bücherzimmer und trat ins Treppenhaus, als ihr von unten schon die anderen entgegenkamen. Polternd stürmten sie die Stufen herauf, atemlos, blanke Panik in den Augen.

»Er … kommt!«, keuchte Chris, der vorneweg lief.

Kyras Magen krampfte sich zusammen. »Wo ist er?«

»Auf dem Hof … Er hat … die Einfahrt versperrt … mit den Zweigen.«

»Er kam plötzlich von der Straße«, rief Lisa. »So als hätte er nur darauf gewartet, bis wir in der Falle saßen.«

Kyra überlegte nicht lange. »Los, weiter nach oben.«

Auf dem Dachboden hatte Kyra ihr Zimmer eingerichtet. Durch eine Dachluke konnte man ins Freie gelangen. Das war besser als nichts – besser zumindest, als hier im Treppenhaus abzuwarten, bis die ersten Dornenranken einem die Luft abschnürten.

In Kyras Zimmer herrschte das übliche Chaos. Die vier sprangen über umherliegende Wäschestücke, aufgeschlagene Bücher und Comics, offene CD-Hüllen und die Sporttasche, die seit der letzten Turnstunde ungeöffnet auf dem Boden lag. Kyra war als Erste an der Dachluke und riss sie auf. Kühle Nachtluft schlug ihr entgegen.

Über das Dach konnte man einigermaßen gefahrlos zu einem der Türme des Stadttors klettern. Unten am Eingang war der Turm mit Brettern verrammelt, aber hier oben konnte man durch eine der alten

Schießscharten einsteigen. Die Freunde waren schon mehr als einmal dort gewesen. Als Versteck war der Turm fast so gut wie das Hügelgrab.

Der Weg der vier verlief parallel zur Regenrinne, dahinter klaffte der Abgrund des Innenhofs. Irgendwo dort unten war der Mann im Mond mit seinen Dornententakeln – wenn er nicht schon unterwegs war und ihrer Spur durchs Haus folgte.

»Scheiße, Scheiße, Scheiße!«, fluchte Nils, als er als Letzter hinaus aufs Dach kletterte. Die Schräge war ungemein steil, die Schindeln mit Moos bewachsen. Es hatte schon seit Tagen nicht mehr geregnet; solange das Dach nicht feucht wurde, war das Risiko abzurutschen überschaubar.

Was freilich nichts daran änderte, dass Angst unvorsichtig macht. Chris wäre fast in die Tiefe geschlittert, als er sekundenlang seinen sicheren Halt verlor. Kyra und Lisa gelang es im letzten Moment, ihn festzuhalten und weiterzuziehen. Hinter ihnen schimpfte Nils fortwährend wie ein Rohrspatz.

Kyra, die an der Spitze kletterte, erreichte die Schießscharte des Torturms. Sie wollte sich gerade hindurchziehen, als hinter ihrem Rücken etwas aus der Tiefe emporschoss.

Eine regelrechte Explosion aus Dornenzweigen peitschte aus dem Abgrund herauf, ein verästelter Strang, der an seiner Spitze auseinanderfaserte. Die einzelnen Enden tasteten suchend durch die Luft, auf der Suche nach Beute, nach Opfern.

Einer der stachligen Fangarme krachte unmit-

telbar hinter Nils auf die Dachschindeln. Schiefersplitter spritzten in alle Richtungen. Das Geräusch, das die Dornen auf dem rauen Stein verursachten, klang wie das Kreischen von Kreide auf einer Schultafel.

Kyra hechtete ins Innere des Turms, Chris und Lisa folgten ihr mit hektischen Bewegungen. Zuletzt packten sie Nils an den ausgestreckten Armen und zogen ihn herein.

Wie lange sie hier vor dem Mann im Mond in Sicherheit waren, wusste keiner zu sagen. Ein paar Minuten, Maximum. Wenn er ihnen über das Dach folgte, war ihr Schicksal besiegelt. Vorausgesetzt natürlich er traf sie dann noch immer hier an.

»Wir müssen nach unten«, rief Chris aus und wollte die brüchigen Stufen hinabspringen.

»Und dann?«, erkundigte Nils sich keuchend. »Der Eingang ist verbarrikadiert. Da kommt keiner durch.«

»Nicht von außen«, bestätigte Kyra. »Aber von innen müsste es gehen, wenn wir uns nur fest genug gegen die Bretter werfen.«

Lisa fuhr sich aufgeregt durchs schweißnasse Haar. »Egal was wir tun – wir sollten es, verdammt noch mal, *schnell* tun.«

Also liefen sie die schmalen Stufen hinunter, stolpernd, fluchend und halb verrückt vor Angst. Die Vorstellung, in der Umarmung der schrecklichen Dornenranken zu sterben, war … unvorstellbar. Es tat sogar weh, nur daran zu denken.

Im Erdgeschoss des Turms war kaum Platz genug für alle vier, und so drängten die beiden Jungen an den Mädchen vorbei und warfen sich mit den Schultern gegen den Bretterverschlag, der den Eingang statt einer Tür verschloss. Die Barrikade war an der Außenseite angebracht, was sie empfindlich machte gegen Gewalt von innen.

Bald schon splitterte das Holz an mehreren Stellen, und während Nils noch über seine schmerzende Schulter schimpfte, gelang Chris der endgültige Durchbruch.

Stolpernd stürzte er hinaus auf die Straße, fing sich ab und kam wieder auf die Beine. Die anderen folgten ihm. Aus der nahen Toreinfahrt zum Innenhof erklang Knirschen und Rascheln, das allmählich lauter wurde – verräterisches Anzeichen dafür, dass der Mann im Mond sich Richtung Straße bewegte.

Sie mussten weg von hier. Sofort.

Die vier stürmten durchs Stadttor, dann auf der verlassenen Hauptstraße bis zur Mündung des nächsten Feldwegs. Dort bogen sie ab und liefen im Schutze hoher Weißdornhecken Richtung Bahndamm und Hügelgrab.

»Nicht ... zum Grab«, keuchte Nils atemlos. »Die Hexe wird wissen ... dass wir dorthin gehen.«

Kyra gab ihm recht. »Wenn sie es weiß, dann weiß es auch der Mann im Mond.«

»Also, wohin?«, fragte Lisa.

»Wir umrunden die Stadt«, schlug Chris vor und

rang nach Atem. »Im Osten kann man die Hügel besser überblicken, für den Fall dass er uns weiterverfolgt.«

Ihre Schnelligkeit schien der einzige Vorteil zu sein, den sie gegenüber dem Mann im Mond hatten. Solange sie nicht in die Reichweite seiner Dornenranken kamen, konnten sie ihm immer wieder davonlaufen – vorausgesetzt sie manövrierten sich nicht selbst in eine Sackgasse.

Chris' Vorschlag war durchaus sinnvoll. In einer weithin offenen Landschaft war die Chance, nicht von ihm erwischt zu werden, am größten.

Sie verließen den Feldweg, kletterten über ein hölzernes Gatter und rannten über eine Wiese. Die meisten Flächen rund um Giebelstein wurden als Weideflächen für das Vieh der Bauern genutzt, Äcker gab es nur wenige. Bei Sonnenschein erstrahlten die Hügel in saftigem Grün und verbreiteten einen berauschenden Duft nach frischem Gras. Nachts aber entzog der Mond den Halmen alle Farbe, das Hügelland sah aus wie die Kulisse eines Schwarz-Weiß-Films.

Sie mussten über mehrere Zäune steigen, sich durch dichte Hecken zwängen und Feldwege überqueren. Kyra blickte mehrfach nach hinten, aber vom Mann im Mond war nichts zu sehen. Entweder er hatte ihre Spur verloren oder er versuchte, ihnen den Weg abzuschneiden. Aber das war unmöglich – er wusste ja nicht, wohin sie liefen. Oder etwa doch? Sie durften nicht vergessen, dass eine Hexe des Arkanums dieses

Wesen heraufbeschworen hatte. Und Hexen verfügten über Mittel und Wege, ein Stück weit in die Zukunft zu blicken – und an andere Orte.

Nein, sie mochten noch so schnell laufen – sicher waren sie erst, wenn die Hexe und ihr Geschöpf besiegt waren.

Leicht gesagt. Das Buch unter Kyras Arm schien mit einem Mal doppelt so schwer zu werden. Wenn sie darin keine Möglichkeit fanden, den Mann im Mond zu vernichten oder zumindest in die Flucht zu schlagen – nun, dann sah es wieder einmal alles andere als rosig für sie aus.

Sie erreichten eine Hügelkuppe, etwa fünfhundert Meter von der westlichen Stadtmauer Giebelsteins entfernt. Das Gras reichte ihnen hier fast bis über die Hüften und bei jedem Schritt stoben Pollenwolken empor.

Die Sicht von hier bis zur Stadt war leidlich gut, solange sich keine Wolken vor den Vollmond schoben. Ihr Verfolger war nirgends zu sehen.

Die Freunde ließen sich zwischen den hohen Halmen nieder, und Chris begann, in dem Buch zu blättern. Er fand das Kapitel über den Mann im Mond auf Anhieb. Es umfasste nur knapp zwanzig Seiten, und es dauerte nicht lange, da hatte er den englischen Text durchgelesen.

»Und?«, fragte Lisa ungeduldig. »Was steht drin?«

»Dass der Mann im Mond eine Legende ist«, erwiderte Chris. Seine Enttäuschung war ihm deutlich anzusehen.

»Eine Legende? Soso ...« Nils schnaubte verächtlich.

»Warte!« Kyra brachte Nils mit einem Wink zum Schweigen. Sie war nicht bereit, so schnell aufzugeben. »Erzähl uns alles. Was sagen die Legenden, wer der Mann im Mond ist? Wo kommt er her?«

Chris blätterte in den vergilbten Seiten. Während er sprach, suchte er nach den entsprechenden Textstellen. »Es gibt eine ganze Reihe unterschiedlicher Geschichten. Alle stimmen darin überein, dass er einst ein gewöhnlicher Mann war, der aufgrund eines Verbrechens auf den Mond verbannt wurde.«

»Von wem?«, fragte Lisa. »Von Gott?«

Chris' Blick huschte über die Seiten. »Auch darüber gibt es hier ganz verschiedene Angaben. Einmal zum Beispiel heißt es, Moses habe den Mann verflucht, weil er ihn dabei ertappte, wie er am Sabbat Reisig sammelte – nach dem jüdischen Glauben darf am Sabbat keine Arbeit verrichtet werden, nicht einmal eine so einfache wie Holz sammeln.«

Nils rümpfte die Nase. »Da hat der olle Moses aber ganz schön überreagiert, was?«

»Die hier ist auch nicht schlecht«, sagte Chris und legte den Zeigefinger auf einen Absatz im Buch. »Demnach ging an einem Sonntag ein Mann zum Holzhacken in den Wald. Unterwegs begegnete er einem Fremden, der erklärte, er sei auf dem Weg zur Kirche. Der Fremde fragte: ›Wieso arbeitest du, alter Mann? Weißt du denn nicht, dass heute Sonntag ist?‹ Der Alte lachte und erwiderte: ›Ob Sonntag auf der

Erde oder Montag im Himmel, für mich ist das alles einerlei.‹ Da wurde der Fremde rasend vor Zorn und rief: ›Dann sollst du dein Bündel fortan für immer tragen, alter Mann. Wenn du den Sonntag auf Erden nicht ehrst, so soll dein Mond-Tag im Himmel ewig währen.‹ Und mit diesem Fluch verbannte der geheimnisvolle Fremde den Alten für alle Ewigkeit ins Innere der Mondscheibe.«

Lisa schauderte. »Ich wusste gar nicht, dass es auch christliche Hexer gibt.«

Chris hob die Schultern. »Es gibt noch andere Versionen derselben Geschichte, aber im Grund erzählen sie alle das Gleiche. Immer wird ein Mann dafür bestraft, dass er an einem Feiertag Holz sammelt.«

»Kein Wunder, dass er darüber sauer ist und jetzt hier unten Amok läuft«, sagte Kyra nachdenklich.

Nils wippte nervös mit dem Fuß. »Tolle Geschichten, wirklich«, meinte er mürrisch und sah alles andere als begeistert aus. »Aber steht in dem Buch irgendwas darüber, wie man den Kerl wieder hoch auf den Mond befördert?«

Lisa schnitt eine Grimasse. »So was in der Art wie ›Haben Sie gerade keinen Moses zur Hand, sprechen Sie die folgenden Worte …‹.«

Chris schüttelte den Kopf. »Nichts. Hier ist ja nicht mal die Rede davon, dass er überhaupt zur Erde zurückkehren könnte. Diese Hexe muss ganz schön mächtig sein, um das zu bewerkstelligen.«

»Als Sängerin zumindest war sie nicht schlecht«, meinte Nils zynisch.

Lisa warf ihm einen mahnenden Blick zu, sagte aber nichts.

Kyra seufzte. »Sieht aus, als müssten wir das Übel an der Wurzel packen.«

»Schön gesagt.« Nils grinste schief. »Und was, bitte, soll das heißen?«

»Die Hexe«, kam Chris Kyra zuvor.

Lisa nickte. »Wenn wir ihr das Handwerk legen könnten –«

»Das Handwerk legen?«, unterbrach Nils sie mit schriller Stimme. »Oh ja, toll, ganz toll. Wir gehen hin, hauen ihr eins auf die Nase und –«

»Wir haben das schon einmal geschafft, vergiss das nicht«, fiel Kyra ihm ins Wort. »Und damals waren es *drei* Hexen.«

»*Und* Abakus«, ergänzte Lisa.

»Außerdem hat sie ihren Fisch verloren.«

»Sie ist eine verdammte *Hexe*!«, rief Nils aus. »Fisch hin oder her, sie wird eine Menge Wege kennen, um mit uns fertig zu werden.«

»Wenn das so wäre, warum muss dann der Mann im Mond die ganze Arbeit für sie machen?«, fragte Kyra.

Nils verschränkte trotzig die Arme vor der Brust. »Ihr wollt echt zu ihr hingehen und sie –«

»Töten«, sagte Chris.

»Umbringen«, meinte Lisa.

»Massakrieren«, bestätigte Kyra.

Nils schüttelte ungläubig den Kopf. »Ihr seid verrückt!«

»Verrückt und *tot,* wenn wir uns nicht beeilen«, entgegnete Chris, schlug das Buch zu und erhob sich. »Kommt, gehen wir.«

Alle standen auf, auch Nils. Er sah aus, als hätte man ihn gezwungen, ein Pfund Fischlaich herunterzuschlucken.

»Völlig verrückt«, murmelte er immer wieder, während sie den Hügel hinabliefen. »Alle völlig verrückt.«

Eine Hexe singt

Die Bühne erhob sich menschenleer am anderen Ende der Festwiese. Mondlicht glänzte auf stählernen Streben. Der kühle Nachtwind erweckte die schwarzen Vorhänge an der Rückseite zum Leben wie eine Armee flatternder Gespenster. Man hatte alle technischen Geräte abgebaut, geblieben war allein das Gerüst mit seinen Bühnenbrettern und Stoffplanen, das Gerippe eines Stahldinosauriers. Kyra erschien das riesenhafte Gebilde wie etwas, auf dem die alten Azteken Menschenopfer dargebracht hätten. Mindestens fünfzehn Meter hoch und doppelt so breit, eindrucksvoll und – bei Nacht – bedrohlich zugleich.

Nirgends war ein lebendes Wesen zu sehen. Die Wiese lag völlig verlassen da. Die letzten Feiernden hatten sich längst in die Handvoll Kneipen und Bistros zurückgezogen, die im Labyrinth der Giebelsteiner Gassen auf Gäste warteten.

Hier draußen war niemand mehr.

»Große, weite Plätze finde ich im Dunkeln fast noch unheimlicher als irgendwelche Katakomben oder Wälder«, flüsterte Lisa mit schwankender Stimme.

»Daran werd ich dich erinnern, wenn wir das

nächste Mal mit dem Professor unterwegs sind«, erwiderte ihr Bruder leise. Er spielte auf Kyras Vater an, Professor Rabenson, der seine Tochter und ihre drei besten Freunde immer in den Ferien mit auf eine seiner Reisen in ferne Länder nahm. Der Professor war selbst ernannter Fachmann für übersinnliche Phänomene und seine Bücher darüber waren in der ganzen Welt Bestseller. Ufos, Wiedergeburten und fantastische Fabelwesen waren seine Spezialgebiete. Stets trieb er sich in einem anderen Winkel der Erde herum, erforschte Ruinen untergegangener Kulturen, kletterte durch die Katakomben alter Kathedralen oder die Felsentempel längst vergessener Priesterkönige. Das war auch der Grund, weshalb Kyra seit dem Tod ihrer Mutter bei ihrer Tante Kassandra lebte, der Schwester des Professors. Wenn Kyra ehrlich war, musste sie zugeben, dass sie ihren Vater kaum kannte. Nicht wirklich.

»Hier ist kein Mensch«, sagte Chris enttäuscht und ließ seinen Blick über die Wiese schweifen. Von der Bühne trennten sie etwa hundert Meter. Pappteller und Plastikbecher lagen im Gras verstreut. Je nachdem, wie der Wind stand, roch es abwechselnd nach schalem Bier, Urin und kalter Schaschliksoße.

»Die Bühne wird erst morgen abgebaut«, murmelte Kyra. »Ich hab's in der Zeitung gelesen.«

»Du liest Zeitung?«, flachste Nils. »Wahrscheinlich die Kosmetiktipps.«

»In unserer Zeitung gibt's so was nicht, Blödmann.«

Lisa grinste unsicher. »Nils liest auch Zeitung –alles, was im Umkreis von zwanzig Zentimetern rund um die Fußballergebnisse steht.«

»Hey, seid still!«, fuhr Chris sie an. Die drei anderen wechselten erstaunte Blicke. Nils schmollte und wedelte mit der Hand, als hätte er sich die Finger verbrannt.

»Da vorne ist was«, sagte Chris. *»Jemand.«*

Jetzt sahen sie es alle. Eine Gestalt war auf der Bühne erschienen. Niemand hatte sie kommen sehen. Es sah aus, als wäre sie geradewegs aus der leeren Luft aufgetaucht.

»Die Hexe!«, entfuhr es Lisa, ohne dass sie etwas dagegen hätte tun können – dabei kam es sogar ihr selbst reichlich überflüssig vor.

»Wir könnten sie mit Papptellern bewerfen«, schlug Nils trocken vor.

»Würdet ihr jetzt *endlich* still sein!«, zischte Chris den beiden zu.

Kyra beobachtete die Frau wie in Trance, gebannt und schweigend. Hexen wie diese waren die Todfeinde ihrer Mutter gewesen; das Arkanum stand für alles, gegen das sie gekämpft hatte. Auch Kyra spürte in sich einen verzehrenden Hass auf den Geheimbund der Hexen, als wäre mit den Sieben Siegeln auch das Empfinden ihrer Mutter auf sie übergegangen.

Chris warf Kyra einen fragenden Blick zu. »Glaubst du, sie kann uns auf die Entfernung etwas tun?«

Kyra hob die Schultern. »Ich gehe zu ihr.«

»*Was?*«, entfuhr es Lisa und Nils wie aus einem Mund.

»Ich muss mit ihr sprechen.«

»Darauf wird sie bestimmt großen Wert legen«, bemerkte Nils. »Bevor sie dich röstet oder häutet oder –«

»Sie hat meine Mutter gekannt«, unterbrach Kyra ihn gedankenverloren. »Ich glaube, sie war dabei, als sie starb.«

Lisa schaute sie mit großen Augen an. »Diese Hexe hat deine Mutter umgebracht? Bist du sicher?«

»Ich spüre … irgendetwas. Eine … Vertrautheit.«

»Oh Mann«, murmelte Nils und verdrehte die Augen.

»Du solltest das nicht tun.« Chris versuchte es mit Vernunft statt mit Spott. »Nils hat recht. Sie wird dich töten.« Nach kurzem Zögern fügte er hinzu: »Genau wie deine Mutter.«

Lisa nickte heftig. »Deine Mutter hätte das nicht gewollt. Du bist doch völlig wehrlos.«

Kyra schüttelte den Kopf, als wären die Argumente ihrer Freunde winzige Schädlinge, die sich in ihrem Haar festkrallten; sie schleuderte sie alle von sich und blieb stur bei ihrem Entschluss. »Ich rede mit ihr. Ich allein.«

Nils bekam allmählich wirkliche Angst um sie. »Kommt gar nicht infrage. Und wenn ich dich eigenhändig hier wegschleppen muss.«

Kyra wirbelte zu ihm herum, und sekundenlang loderte in ihren Augen ein unheilvolles Feuer, das ihn schlagartig zum Schweigen brachte – vielleicht ein Hauch jener Kräfte, die einst ihre Mutter besessen hatte. Hexenmacht. Nils war so baff, dass er kein Wort mehr herausbrachte.

Kyra setzte sich in Bewegung. Langsam, aber entschlossen entfernte sie sich von ihren Freunden und ging allein über die Wiese, einsam, eine kleine, verlorene Gestalt.

»Sie kann uns hier nicht einfach stehen lassen«, sagte Nils.

»Wir können sie nicht einfach *gehen* lassen«, meinte Lisa. Sie zitterte vor Aufregung und vor Angst – um sich selbst, aber mehr noch um Kyra.

Chris blickte Kyra starr hinterher. »Vielleicht weiß sie ja, was sie tut.«

»Danach hat sie aber gar nicht ausgesehen«, wandte Nils ein.

Lisa nickte. »Wir müssen hinterher.«

»Kyra hat gesagt, sie will allein gehen«, sagte Chris. »Ich glaube, dabei hat sie sich was gedacht.«

Nils schnaubte verächtlich – was bei ihm meist ein Zeichen von Hilflosigkeit war. Wenn er nicht mehr weiterwusste, verfiel er oft in Streitlust. Doch diesmal verzichtete er darauf, ein Wortgeplänkel vom Zaun zu brechen. Dazu war die Lage zu ernst.

Die Hexe stand wie erstarrt in der Mitte der Bühne, ein finsterer Umriss vor den noch dunkleren Vorhängen, die im Hintergrund wehten. Ihr Haar wirbelte schwarz um den hellen Stecknadelkopf ihres Gesichts. Ob ihre Augen auf Kyra gerichtet waren

oder ob sie die drei Freunde ansah, ließ sich aus der Ferne nicht erkennen.

Lisa erinnerte sich schaudernd, wie sie und Hunderte anderer dieser Frau noch vor wenigen Stunden zugejubelt hatten. Sie alle waren, ohne es zu ahnen, zu Teilnehmern eines schrecklichen Rituals geworden. Lisa zweifelte nicht mehr daran, dass es der Auftritt der Hexe beim Konzert gewesen war, der den Mann im Mond herbeigerufen hatte. Das Ganze war nichts anderes gewesen als die moderne Variante einer uralten Beschwörungszeremonie.

Ja, dachte sie, wir alle tragen einen Teil der Schuld an dem, was geschehen ist – und noch geschehen wird.

Der Gedanke machte ihr zu schaffen, aber er lenkte sie auch einen Augenblick lang von der Gefahr ab, in der sie und ihre Freunde schwebten.

Ohne eine Regung blickte die Hexe Kyra entgegen. Sie wartete.

Wartete, dass Kyra vor sie trat.

Aber Kyra war noch weit genug Herrin ihrer Sinne, dass sie nicht näher als zehn Schritte an die Hexe heranging. In respektvollem Abstand blieb sie vor der Bühne stehen. Ihre Augen suchten die der Frau, und ihrer beider Blicke verbissen sich ineinander wie Kampfhunde in einer Arena.

Keine von beiden sprach. Nicht die Hexe, nicht das Mädchen. Stattdessen taxierten sie einander, suchten nach Schwächen ihres Gegenübers.

Schließlich ergriff Kyra das Wort.

»Was willst du von uns?«, fragte sie leise. Sie wusste, dass die Frau sie auch dann verstanden hätte, wenn sie die Frage nur stumm mit den Lippen geformt hätte.

Die Hexe bewegte sich. Doch statt die Arme emporzureißen und kryptische Formeln zu murmeln, wie man es von einer wie ihr erwartet hätte, legte sie nur für einen Moment den Kopf schräg. Dann ließ sie sich im Schneidersitz am Bühnenrand nieder. Dabei lächelte sie, verspielt wie ein kleines Mädchen. Sie sah sehr unschuldig aus, beinahe hilflos.

»Was ich von euch will?«, sagte sie leise. »Euch töten. *Dich* töten. Genau wie deine Mutter.« Sie hatte eine schöne Stimme, und Kyra konnte sich vorstellen, wie herrlich es klingen musste, wenn sie sang. Kein Wunder, dass das Publikum begeistert gewesen war.

»Wer schickt dich?«, fragte Kyra. »Die Drei Mütter?«

Die Drei Mütter waren die Herrscherinnen des Arkanums, die schwarzen Göttinnen des Hexenzirkels. Niemand kannte sie, keiner hatte sie je mit eigenen Augen gesehen. Ihre Macht jedoch war allgegenwärtig. Es gab keine Hexe auf der ganzen Welt, die bei ihren Namen nicht vor Ehrfurcht erzitterte.

Mater Tenebrarum. Mater Suspiriorum. Mater Lacrimarum.

Die Mutter der Finsternis. Die Mutter der Seufzer. Die Mutter der Tränen.

»Die Mütter wissen, dass ich hier bin«, sagte die Hexe. »So, wie sie alles wissen. Aber sie haben mich nicht gesandt. Mach nicht den Fehler, deine Bedeutung zu überschätzen, Kyra Rabenson. Du bist nichts. Nur ein Kind.«

»Ich bin eine Trägerin der Sieben Siegel.«

Die Hexe nickte bedächtig. »Genau wie deine Freunde. Vier Kinder, jedes mit sieben Siegeln. Macht insgesamt achtundzwanzig Siegel. Und genauso viele Tode werdet ihr sterben, wenn ihr nicht ewigen Gehorsam schwört.«

Gehorsam?, durchfuhr es Kyra erstaunt. Dann wollte das Arkanum sie gar nicht um jeden Preis töten? Aber welchen Vorteil versprachen sich die Hexen davon, die Träger der Siegel auf ihrer Seite zu wissen?

Verbarg sich hinter den magischen Malen vielleicht eine größere Macht, als Kyra bisher angenommen hatte?

Hatten die Hexen gar einen Grund, sie und die anderen zu *fürchten*?

»Ihr wollt, dass wir uns euch anschließen?«, fragte Kyra zweifelnd.

Die Hexe lächelte noch immer. »Nur du, Kyra Rabenson. Deine Freunde sind unwichtig.« Und dabei hob sie lässig die rechte Hand, als wollte sie damit ein unsichtbares Wurfgeschoss auf die drei anderen schleudern.

»Nein!«, brüllte Kyra und machte einen hastigen Schritt nach vorne.

Die Hexe stieß ein helles Kichern aus und ließ die Hand wieder sinken. »Hast du Angst um sie? Sollten wir da vielleicht einen Schwachpunkt entdeckt haben?«

Schwachpunkt? Wovon redete dieses Miststück nur? Kyra war ein Teenager. Schwachpunkte hatte sie weiß Gott genug.

Oder aber – verfügte sie vielleicht über Kräfte, von denen sie gar nichts wusste? Konnte sie den Hexen des Arkanums tatsächlich gefährlich werden?

Falls ja, dann wünschte sie sich schleunigst eine Art Gebrauchsanleitung: *Folgen Sie den Anweisungen der Zeichnungen eins bis vier, und schon lösen sich alle Hexen in gelben Schwefelwolken auf …*

»Wenn du meinen Freunden etwas antust, werde ich niemals eine von euch werden«, sagte Kyra mit fester Stimme.

Die Hexe zuckte mit den Schultern. »Dann stirbst du. Für mich macht das keinen Unterschied.«

»Was werden die Drei Mütter davon halten, wenn du versagst?«

»Versagen? Mein Auftrag ist es, dich zu überzeugen oder zu beseitigen. Rate, was mir mehr Spaß machen würde!«

»Der Mann im Mond hat längst schon versucht, uns zu töten.«

»Vielleicht wollte er euch nur Angst einjagen?«

»Um mich hierherzulocken?«

»Schlaues Kind. Ich habe auf dich gewartet. Es hat länger gedauert, als ich dachte.«

Kyra starrte sie durchdringend an. »Hast du meine Mutter getötet?«

Einen Augenblick lang war Schweigen zwischen ihnen wie eine fühlbare, greifbare Mauer. Dann sagte die Hexe: »Ich habe deine Mutter gekannt, Kyra Rabenson. Ich sah sie sterben. Aber ich bin nicht diejenige, die für ihren Tod verantwortlich ist. Ich hätte sie nicht töten können, selbst wenn ich es gewollt hätte. Deine Mutter war eine mächtige Frau.« Die Hexe sagte dies mit einer Ehrfurcht in der Stimme, die Kyra überraschte. Die Frau schien es zu bemerken, denn sie fügte hastig hinzu: »*Sie* war mächtig, Kyra Rabenson – *du* bist es nicht. Du wirst hier und jetzt sterben, wenn ich es will.«

Kyra wusste nicht, wie ihre Mutter ums Leben gekommen war. Früher, als sie noch ein kleines Kind gewesen war, hatten Tante Kassandra und Kyras Vater stets von einem Unfall gesprochen. Dass in Wahrheit das Arkanum dahintersteckte, war etwas, was Kyra geahnt hatte, seit sie zum ersten Mal von der Existenz des Hexenbundes erfahren hatte. Allerdings waren die Worte der Hexe die erste Bestätigung, die sie für ihre Vermutungen erhielt.

Kyra nahm all ihren Mut zusammen. »Ich glaube nicht, dass es mir bei euch gefallen würde. Arkanum … das klingt genauso langweilig wie Lateinstunden.« Sie gab sich Mühe, möglichst naiv zu klingen.

Die Hexe schmunzelte, aber ihre Augen verrieten, dass sich Zorn in ihr breitmachte wie ein tückisches Gift. »Es gibt keine Langeweile in den Reihen des Arkanums. Nichts ist ermüdender, als immer nur *gut* zu sein. Dieses Problem kennen wir nicht. Wir sind niemals gut. Deshalb ist uns auch niemals langweilig.«

Natürlich ging es Kyra in Wahrheit nicht um Langeweile oder Spaß. Auch erwog sie nicht einmal im Traum, dem Arkanum beizutreten, egal was ihr dafür geboten wurde. Alles, was sie wollte, war Zeit zu schinden. Zeit, bis ihr endlich eine rettende Idee kam.

»Verrate mir eines«, verlangte sie.

»Was willst du wissen?«

»Wie wird man so mächtig, dass einem sogar der Mann im Mond gehorcht?«

Die Hexe lächelte und konnte nicht verbergen, dass sie sich geschmeichelt fühlte. »Ich bin eine Mondhexe. Es gibt andere: Himmelhexen, Wasserhexen, Erdhexen, Nachthexen, Taghexen, Jenseitshexen … unendlich ist unsere Zahl. Niemand ist mörderischer als die Todeshexen, keine lieblicher als die Liebeshexen. Und niemand versteht mehr von der Macht der Gestirne als wir Mondhexen.«

Kyra gab vor, den Verlockungen des Arkanums allmählich zu erliegen. »Könnte ich auch so etwas sein … eine Jenseitshexe oder eine Mondhexe wie du?«

»Unser Gesang ist es, der uns Mondhexen Macht verleiht. Wenn du singen kannst, könntest du vielleicht eine von uns werden. Ja, ich denke, das könntest du tatsächlich.« Der Blick der Hexe wurde prüfend. »Würde dir das gefallen?«

»Schon möglich.« Kyra tat jetzt ungemein beeindruckt. »Wirst du mir dann die Lieder beibringen, um den Mann im Mond zu beherrschen?«

»Ich oder eine der anderen Mondhexen, ja, das würden wir.«

»Was für eine Hexe war meine Mutter?«

»Eine Verräterin«, erwiderte die Frau auf der Bühne eisig. »Sie hat dem Arkanum den Rücken gekehrt und uns bekämpft. Im Inneren war sie keine von uns und ist es nie gewesen.«

»Könnte ich mächtiger sein als sie?«

»Das wissen nur die Drei Mütter«, erwiderte die Hexe. Kyra war nicht sicher, ob das eine Floskel war, so wie gewöhnliche Menschen »Weiß der Himmel« sagen, oder ob die Hexe meinte, dass dieses Wissen tatsächlich nur die Drei Mütter besaßen.

»Dein Gesang, wie funktioniert er?«, fragte Kyra und versuchte, dabei möglichst harmlos dreinzuschauen.

Einen Moment lang sah es aus, als hätte sie den Bogen überspannt, denn Misstrauen geisterte wie ein Schatten über die Züge der Hexe.

»Ich meine«, fügte Kyra hastig hinzu, »wenn ich eine von euch werden soll, hätte ich ganz gerne so eine Art Vorgeschmack.«

Die Hexe musterte sie, immer noch voller Argwohn. Kyra fragte sich, ob sie wohl versuchte, ihre Gedanken zu lesen. Deshalb bemühte sie sich, an nichts zu denken, was ihre wahren Gefühle verriet.

Offenbar hatte sie Erfolg, denn die Züge der Hexe entspannten sich, und sie nickte. »Der Gesang schafft eine Verbindung«, sagte die Hexe nach einem Augenblick des Nachdenkens. »Ja, so könnte man es wohl nennen. Ein Gespinst aus Zauberei, das sich vom Mond zur Erde spannt. Man könnte es mit Radiowellen vergleichen. Es gibt einen Sender und einen Empfänger, zwei Punkte, an denen die Mondmagie besonders stark ist – einer ist der Mond selbst, der andere ist hier in der Nähe. Auf den Mann im Mond wirkt diese Verbindung wie … sagen wir, wie ein Fahrstuhl.«

»Wird er jetzt für immer hierbleiben müssen?«

Die Hexe schüttelte den Kopf. »Nicht einmal das Arkanum ist so verderbt, einen solchen Schrecken heraufzubeschwören, ohne einen Weg zu kennen, ihn wieder loszuwerden. Nein, Kyra Rabenson, auch ein Fahrstuhl befördert seine Passagiere in beide Richtungen. Der Mann im Mond wird auf demselben Weg in seine Verbannung zurückkehren, auf dem er hierhergelangt ist.«

»Und das weiß er auch?«

Die Stirn der Hexe legte sich in Falten. »Du spielst doch nicht etwa mit der Idee, es ihm zu sagen?« Sie stieß ein hohes Lachen aus. »Kyra, Kyra, Kyra … Er versteht dich nicht. Er versteht *niemanden*. Sein Exil in den Schattentälern des Mondes hat ihm den Verstand geraubt. Nur meine Mondmagie zwingt ihn zum Gehorsam. Rede auf ihn ein, so viel du magst … vielleicht macht das den Schmerz erträglicher, wenn er dich in seine Dornenarme schließt.«

Kyra wich einen Schritt zurück, dann einen zweiten.

Die Hexe erhob sich in einer fließenden, ganz und gar nicht menschlichen Bewegung. Sie sah jetzt sehr beeindruckend aus, wie sie dort oben am Rand der Bühne stand, majestätisch wie eine Königin im Trauerflor.

»Fast hättest du mich hereingelegt.« Die Hexe lächelte bösartig. »Leider steht auf den Versuch die Todesstrafe.«

Ihre ausgestreckten Arme zeichneten ein glühendes Muster in die Luft, das für einige Sekunden in der Dunkelheit schwebte wie brennende Nebelschwaden. Die Hexe schloss ihre Augen, legte mit ausgebreiteten Armen den Kopf in den Nacken und stimmte einen leisen Gesang an. Sehr ruhig, sehr melodiös.

Aber die vermeintliche Schönheit dieser Klänge täuschte. Dahinter verbarg sich ein schrecklicher Befehl.

Hinter der Bühne, jenseits der schwarzen Stoffbahnen, rührte sich etwas. Ein Rasseln und Knistern und Bersten ertönte.

Und Kyra begriff. Der Mann im Mond war die ganze Zeit hier gewesen. Hinter der Bühne. Nur wenige Meter von ihr entfernt.

Er hatte gewartet. Darauf, dass die Hexe ihn rief. Bisher hatte er mit seinen Opfern nur gespielt. Jetzt aber machte er ernst.

Wie eine Explosion schossen Dornenranken durch die Vorhänge in die Nacht hinaus, ein Sturm aus tödlichen Zweigen, der über die Bühne hinausfegte und sich dann zusammenballte wie eine Faust. Schnell wie ein hungriger Piranhaschwarm rasten die zuckenden Enden auf Kyra herab und warfen sich dabei wie ein stachliges Netz über die Bühne und die Hexe, die immer noch in ihrem Zentrum stand.

Kyra fuhr herum und rannte.

Hinter ihr wühlten die Dornententakel den Boden auf, als sie sich dort ins Gras bohrten, wo Kyra noch vor einem Augenblick gestanden hatte.

»Lauft!«, schrie sie ihren drei Freunden zu, die voller Entsetzen vom anderen Ende der Wiese zusahen, wie Kyra vor den Fangarmen ihres Feindes davonrannte.

Sie hörte, wie die Dornenranken hinter ihr das Erdreich durchpflügten, hundertmal machtvoller und kräftiger als bei den ersten Attacken im Garten der Villa.

Der wahre Kampf nahm gerade erst seinen Anfang.

Kyra blickte nicht mehr nach hinten. Sie wusste, was sie dort sehen würde, wusste auch, dass das Grauen darüber sie lähmen würde. Stattdessen stürmte sie weiter. Rannte, so schnell sie nur konnte, rannte, bis sie glaubte, ihre Beine seien selbstständige Lebewesen, die sie ohne ihr Zutun davontrugen, fort von der Gefahr, schneller, immer schneller in Sicherheit.

Doch auch das war nur eine Täuschung. Es gab keine Sicherheit – das erkannte sie mit aller Deutlichkeit, als sie im Näherkommen den Schrecken auf den Gesichtern ihrer Freunde sah. Keine Sicherheit, keine Rettung.

Der Mann im Mond war ihnen wieder auf den Fersen, mörderischer als jemals zuvor.

Irgendwo in der Ferne ertönte der melodische Gesang der Hexe.

Kyra starrte ihre Freunde an. Sie standen da wie angewurzelt. Aber welchen Sinn hatte es, wenn sie warteten, bis Kyra sie erreichte?

»Nun lauft schon!«, brüllte Kyra erneut. »Verdammt noch mal, *lauft endlich*!«

Die drei erwachten wie aus einem Traum, Schlafwandler, die man auf dem höchsten Dachgiebel aus ihrem Schlummer reißt, verwirrt genug, um in den Tod zu stürzen.

Doch sie stürzten nicht. Im Gegenteil: Sie fassten sich erstaunlich schnell. Und endlich setzten sie sich in Bewegung. Hetzten los.

Kyra blieb keine Zeit, um aufzuatmen. Sie spürte den Feind in ihrem Rücken.

Keuchend schloss sie zu den anderen auf und zu viert liefen sie um ihr Leben.

Ein verzweifelter Plan

Über den Hügeln zuckte ein Blitz aus der Schwärze des Himmels herab und bald darauf ertönte ein ohrenbetäubender Donnerschlag.

»Ein Gewitter«, stöhnte Kyra, ohne ihr Tempo zu verlangsamen. »Wir müssen uns beeilen, sonst ist es zu spät.«

Keiner der anderen wusste, was sie vorhatte. Doch sie alle waren viel zu sehr außer Atem, um lange Diskussionen zu führen. Allen war klar, dass Kyra irgendetwas plante, und das war immerhin besser als überhaupt keine Aussicht, den Mann im Mond abzuschütteln.

Er war immer noch hinter ihnen, sie konnten das geisterhafte Knirschen seiner Dornententakel in der Weite des Hügellandes hören. Ihr Vorsprung war größer geworden, doch diesmal schien sich ihr Gegner davon nicht abschrecken zu lassen. Er folgte ihren Spuren und früher oder später würde er sie einholen.

Lisa schätzte, dass er ungefähr zweihundert Meter hinter ihnen war, die Länge seiner Fangarme nicht mit eingerechnet. Sie konnte ihn sehen, wenn sie sich umwandte, schemenhaft erkennen, obwohl seine Gestalt manchmal durch Hecken und Büsche verdeckt wurde. Und sie spürte, dass er näher kam, unaufhaltsam wie eine Naturgewalt. Wie das Gewitter.

Lisa hatte keinen Schimmer, welcher Geistesblitz Kyra gekommen war, als sie mit der Hexe gesprochen hatte. Die Freunde waren zu weit weg gewesen, um zu verstehen, was vor der Bühne geredet wurde.

Aber es gab keine Alternativen – sie mussten Kyra vertrauen.

Sie liefen wieder nach Norden. Die Stadtmauer hatten sie schon vor mehreren Minuten hinter sich gelassen. Keuchend folgten sie dem Verlauf einiger Feldwege, zwängten sich unter Stacheldraht hindurch und erklommen knarrende Holzgatter.

Erst als vor ihnen der Wall des Bahndamms emporwuchs, erkannten Lisa und die beiden Jungen, wohin Kyra sie führte.

»Aber wir haben doch eben erst darüber gesprochen, dass wir nicht zum Hügelgrab –«, begann Nils, wurde aber von Kyra unterbrochen:

»Ich weiß, was wir gesagt haben.« Sie hustete, als sie sich im Laufen verschluckte. »Aber manchmal muss man Pläne eben ändern.«

»Die Hexe wird wissen, wohin wir laufen«, gab Chris zu bedenken. Er hatte die beste Kondition, aber selbst ihm machte die Hetzjagd zu schaffen.

Obwohl sie den Mann im Mond nicht hinter sich sehen konnten, war seine Anwesenheit doch deutlich zu spüren. Trotzdem war die Verlockung groß, einfach stehen zu bleiben und auszuruhen. Eine Stim-

me in ihrem Unterbewusstsein flüsterte Lisa immer wieder zu, dass ein unsichtbarer Feind kein *gefährlicher* Feind war. Es kostete einige Überwindung, solchen Einflüsterungen keine Beachtung zu schenken.

Laufen. Immer weiterlaufen.

Sie stürmten den Bahndamm hinauf, kratzten sich die Haut an den Brombeerbüschen auf und erreichten schließlich den verrosteten Schienenstrang. Zwischen den Gleisen wuchs kniehohes Unkraut. Ein kleines Tier raschelte durchs Gestrüpp und versteckte sich vor den nächtlichen Störenfrieden.

Lisa blickte nach hinten. Von hier aus, der höchsten Stelle der Umgebung, hätte sie den Mann im Mond sehen müssen. Doch ausgerechnet in diesem Moment legte sich ein Wolkenfetzen über den Vollmond, ein Vorbote des heraufziehenden Gewitters. Von einer Sekunde zur anderen wurde die Landschaft in Finsternis getaucht. Hügel, Wiesen und Weißdornhecken versanken in einem Meer aus Schwärze.

»Weiter!«, kommandierte Kyra in einem Ton, der keinem der anderen gefiel.

Zum Erstaunen aller war es ausgerechnet Chris, der stehen blieb und Kyra an der Schulter festhielt. »Warte«, sagte er. »Würdest du uns wohl erst mal erklären, was du überhaupt vorhast?«

Kyra streifte seine Hand ab. »Dazu ist jetzt keine Zeit. Er ist irgendwo da unten. Er wird uns einholen, wenn wir nicht weiterlaufen!« Sie deutete in den schwarzen Abgrund, in den sich das Land südlich des Bahndamms verwandelt hatte. Sogar die Lichter Giebelsteins waren blass wie ferne Sternbilder.

»Es hat doch keinen Zweck, wenn wir uns im Hügelgrab verstecken«, sagte Lisa mit flehendem Unterton. »Er wird uns so oder so finden.«

Nils nickte. »Er ist vielleicht langsam, aber ganz bestimmt nicht blind.«

Kyras Blick fuhr finster über die Gesichter ihrer Freunde, dann drehte sie sich einfach um und stürmte die nördliche Böschung hinunter. »Kommt mit oder bleibt stehen. Ganz wie ihr wollt.«

Lisa starrte ihr fassungslos hinterher. »Sie ist gar nicht mehr sie selbst, wenn sie sich so aufführt.«

Chris stimmte zu. »Sie wird wie ihre Mutter.«

»Zumindest gibt sie sich alle Mühe, wie sie zu sein«, knurrte Nils.

»Trotzdem hat sie recht«, meinte Lisa schließlich und überwand ihren Schrecken über Kyras Verhalten. »Wir müssen weiter. Früher oder später wird der Mann im Mond hier auftauchen.«

Chris und Nils schlossen sich ihr an, und gemeinsam folgten sie der Schneise, durch die Kyra im Dunkeln verschwunden war. Es blitzte wieder und der Donner folgte schon nach wenigen Sekunden. Die Wolke vor dem Mond zog weiter und erneut wurde die Landschaft in weißes Licht getaucht. Die Gewitterfront, die sich von Osten näherte, war jetzt deutlich zu erkennen. Über dem Horizont flimmerte der Nachthimmel in unheilvollen Violetttönen.

Kyra war etwa zehn Meter vor ihnen. Als sie sah,

dass die anderen ihr folgten, blieb sie widerwillig stehen und wartete, bis sie aufgeholt hatten. Was immer es war, das Kyra in Augenblicken wie diesen beherrschte – der Geist ihrer Mutter oder ihr eigener, übertriebener Ehrgeiz –, es hatte sie noch nicht vollständig in seiner Gewalt. Immer wieder blitzte die alte, mädchenhafte Kyra hinter der Maske der eiskalten Dämonenjägerin auf. Lisa atmete insgeheim auf, aber ihre Besorgnis über Kyras Benehmen blieb.

Gemeinsam erreichten sie schließlich die Ausläufer des Hügelgrabes. Der Hang stieg seicht an, bewachsen mit hohem Gras. Es gab keinen Trampelpfad zum Eingang, nur eine Spur abgeknickter Halme, wo die Freunde am Nachmittag hergegangen waren. Schon lange kam außer ihnen niemand mehr hierher. Das Grab war ihr eigenes, unangefochtenes Reich.

Und doch: Kyra schaute sich wachsam nach allen Seiten um, so als erwartete sie, hier noch jemanden anzutreffen.

Sie rannten den Hang hinauf, und Nils wollte sich schon durch den Bretterspalt am Eingang zwängen, als Kyra ihn zurückhielt. »Nein, warte. Wir bleiben hier draußen.«

»Aber hier wird er uns sofort sehen«, widersprach Nils.

Kyra achtete nicht auf seine Worte und wandte den Blick zum Himmel. Eine weitere Wolke wanderte vor den Mond. Abermals machte sich Dunkelheit breit.

»So ein Mist!«, fluchte sie mit zusammengebissenen Zähnen.

»Kyra«, versuchte Lisa es noch einmal, »du musst uns sagen, was das soll! Warum sind wir hier?«

»Wir müssen erst ganz nach oben klettern. Dann erzähl ich euch alles.«

Chris und Nils wechselten mürrische Blicke, aber keiner widersprach. Ein Streit war das Letzte, was sie jetzt noch gebrauchen konnten.

Kyra erklomm als Erste die steinerne Kuppe des Hügelgrabes. Die Fläche war gewölbt, aber nicht stark genug, als dass es schwierig gewesen wäre, darauf Halt zu finden. Der Durchmesser des kreisrunden Bauwerks betrug etwa dreißig Meter. Aus Fugen und Spalten wucherten Löwenzahn und wilder Efeu.

Im Zentrum der Grabkuppel angekommen, blickte Kyra sich um. Die Wolke würde gleich am Mond vorüberziehen, doch schon ein Stück dahinter rückte die Wolkenfront des Gewitters heran. Wenn es sie erreichte, würde der Mond endgültig verschwinden und in dieser Nacht wahrscheinlich nicht mehr zum Vorschein kommen. Es blieben ihnen nur wenige Minuten.

Die drei anderen gesellten sich zu ihr. Alle fühlten sich schrecklich schutzlos. Sie mussten schon von Weitem zu sehen sein, erst recht, da jeden Augenblick wieder das Mondlicht auf das helle Gestein der Kuppel fallen würde. Sie standen inmitten des berühmten Präsentiertellers.

Wie Schießbudenfiguren, dachte Lisa zitternd. Zum ersten Mal wurde ihr bewusst, dass sie fror. Ihr

Minirock war kaum die geeignete Kleidung für nächtliche Expeditionen wie diese.

Der Wolkenfetzen wanderte weiter, Mondlicht ergoss sich über die Hügel.

Kyra schloss die Augen und legte den Kopf in den Nacken. »Könnt ihr es spüren?«, fragte sie leise.

Jetzt spinnt sie völlig!, durchfuhr es Lisa.

Aber Kyra schlug schon nach zwei, drei Sekunden die Augen wieder auf und schaute Lisa direkt an. »Dieses leichte Ziehen … fühlt ihr das nicht?«

»Kyra, *bitte!*«, sagte Chris. Seine Stimme klang scharf, nur eine Spur weit von einer Drohung entfernt. »Was, zum Teufel, machen wir hier?«

Bevor Kyra eine Antwort geben konnte, rief plötzlich Nils:

»Da kommt er!«

Und tatsächlich, der Mann im Mond erklomm den Bahndamm, blieb stehen und blickte stumm zu ihnen herüber, eine schwarze Silhouette ohne Gesicht, umwirbelt von einem Fächer aus peitschenden Dornenranken. Lisa glaubte, die furchtbaren Stacheln sogar auf diese Entfernung erkennen zu können.

Das Wesen setzte sich wieder in Bewegung, brach unbeeindruckt durch die Brombeerbüsche und hinterließ eine Schneise aus verzahntem Dornengewirr, ähnlich wie im Garten der Villa. In spätestens fünf Minuten würde er hier sein.

»Wir müssen ihn hierherlocken«, brach Kyra mit einem Mal ihr Schweigen. »Mit etwas Glück können wir ihn auf diese Weise loswerden.«

Die drei anderen sahen sich verwirrt an.

»Kyra, bist du sicher, dass –«, begann Chris, aber sie fiel ihm ins Wort:

»Nein, ich bin *nicht* sicher«, entgegnete sie schnippisch. »Aber es ist immerhin eine Chance.«

»Und warum gerade hierher?«, fragte Nils. Normalerweise hätte er Kyra für verrückt erklärt. Aber er kannte sie gut genug, um zu wissen, dass sie so etwas nicht ohne Grund behaupten würde.

»Was hat die Hexe dir gesagt?«, bohrte auch Lisa.

Kyra schaute zum Mond empor, dann hinüber zu ihrem Gegner, der unaufhaltsam näher kam. »Sie hat gesagt, es gibt eine Verbindung zwischen dem Mond und einem Ort in der Nähe von Giebelstein. Die Mondmagie funktioniert wie ein Fahrstuhl, der den Mann im Mond herunterholt, aber auch wieder dort hinaufbringen kann.«

»Ja, und?«, fragte Nils ungeduldig.

»Lass sie doch ausreden!«, fuhr Lisa ihren Bruder an.

»Um die Verbindung herzustellen, braucht man einen Sender und einen Empfänger, hat die Hexe gesagt. Genau das waren ihre Worte: Sender und Empfänger. Zwei Pole, zwischen denen eine Art … ich weiß nicht, so was wie ein Kraftfeld entsteht.« Wieder spähte sie angestrengt den Hügel hinunter. Zum ersten Mal sah sie aus, als bekäme sie es allmählich mit der Angst zu tun. Ihr Plan näherte sich der entscheidenden Phase. »Der Mond ist der Sender, das steht fest. Bleibt also die Frage, was der Empfänger ist. Und mir fiel nur ein Ort in der Umgebung ein, der etwas mit Mondmagie zu tun hat.«

Lisas Blick wanderte langsam zum Dach des Hügelgrabes hinunter, auf dem sie standen. »Du glaubst –«

»Die Kelten haben all ihre Bauwerke nach den Himmelskörpern ausgerichtet«, erklärte Kyra hastig. »Ihre Steinkreise und Opferplätze liegen alle auf irgendwelchen Linien, die zu bestimmten Sternbildern weisen … oder zum Mond.«

Kyra hatte recht. Sie alle hatten das schon in der Schule besprochen, gerade weil es in der Gegend rund um Giebelstein so viele keltische Kultstätten gab. Das Hügelgrab war nur der größte und spektakulärste dieser Orte, aber es gab noch weitere: moosüberwucherte Findlinge, die sich in Flussniederungen in den Wäldern befanden; Fürstengräber, die schon im neunzehnten Jahrhundert von Forschern geöffnet oder geplündert worden waren; sogar die Überreste eines Steinkreises, der irgendwo in den Wäldern im Norden stehen sollte.

Schon vor zweitausend oder noch mehr Jahren hatten keltische Stämme in diesem Gebiet ihre Mond- und Sonnengötter angebetet, hatten primitive Kalender nach den Sternbildern ausgerichtet und ihre Toten in geweihter Erde bestattet.

Lisa konnte nicht umhin, Kyra zu bewundern. Der Rückschluss von der Mondmagie des Arkanums auf das Hügelgrab mochte im Nachhinein vielleicht nahe liegend sein, doch erst einmal darauf zu kommen, war ein Geniestreich. Und vielleicht sogar ihrer aller Rettung.

»Du meinst also«, begann Chris und behielt dabei nervös den Schatten im Auge, der sich mit wirbelnden Tentakeln dem Hügel näherte, »wir stehen quasi auf der Bodenstation dieser Verbindung zum Mond?«

»Genau«, bestätigte Kyra. »Hier muss er heute Abend erschienen sein, nachdem die Mondfinsternis vorbei war. Und von hier aus wird er wieder in seine Verbannung zurückkehren.«

»Nachdem er seinen Auftrag erfüllt hat«, bemerkte Nils griesgrämig.

Kyra schüttelte eilig den Kopf. »Wir müssen ihn nur hier herauflocken – na ja, wenigstens hoffe ich das.«

»Du glaubst, die Mondmagie wird ihn von ganz allein wieder nach dort oben ziehen?«, fragte Lisa, die als Erste begriffen hatte, auf was Kyra hinauswollte.

Kyra nickte.

Nils aber zog ein langes Gesicht. »Ihr habt zwei Dinge vergessen. Erstens: Er wird wissen, was ihn erwartet, deshalb wird er gar nicht erst hier raufkommen. Und zweitens: Seine Fangarme sind lang genug, um uns zu packen, *ohne* dass er das Grab betritt.«

»Sie reichen vielleicht bis zur Mitte«, verbesserte ihn Kyra, »aber nicht von einer Seite zur anderen. Wir müssen nur immer an den Rändern bleiben, dann kommt er nicht an uns heran.«

»Das wird 'ne ziemliche Rennerei werden«, meinte

Lisa. Die Furcht schnürte ihr fast den Atem ab. Es war beruhigend, sich über Dinge wie die Länge von Tentakeln Gedanken machen zu müssen – das lenkte sie von dem ab, was dort unten unbarmherzig auf sie zukam.

»Klingt alles wunderbar … in der Theorie«, sagte Chris zweifelnd.

Lisa stieß ihn mit dem Ellbogen an und deutete den Hügel hinab. Der Mann im Mond begann gerade mit dem Aufstieg.

»Vergiss die Theorie«, zischte sie tonlos. »Da vorne kommt die Praxis.«

Fahrstuhl zum Mond

Der Mann im Mond stieg den Hügel herauf. Höchstens zwanzig Meter trennten ihn noch von der Grabanlage.

Eilig wichen die Freunde zurück, zur hinteren Kante des Grabes. Dabei nahm ihnen die sanfte Wölbung der Steinkuppe die Sicht auf ihren Gegner.

»Wartet«, sagte Nils aufgeregt. »Wir müssen doch sehen, ob er links- oder rechtsrum geht.«

Natürlich hofften sie alle, dass der Mann im Mond den Weg quer über das Grab nehmen würde, geradewegs ins Zentrum des magischen Kraftfeldes – falls überhaupt eines da war. Kyra war nach wie vor davon überzeugt.

»Glaubst du, er kann die Magie fühlen?«, fragte Lisa ihren Bruder.

Nils nickte überzeugt. »Immerhin ist er hier gelandet. Er kann nicht so dumm sein, das zu vergessen.«

»Die Hexe hat gesagt, er ist verrückt«, behauptete Kyra. »Wer weiß, ob er sich wirklich daran erinnert.«

»Das ist ein ziemliches Glücksspiel«, befand Chris, aber er sagte es ganz ruhig, so als hätte er sich damit abgefunden, dass die Konfrontation mit dem Mann im Mond endlich bevorstand. Lisa staunte über seine Beherrschung. Sie selbst wäre am liebsten von der Grabkuppel gesprungen und weiter zum Waldrand geflohen.

»Achtung!«, brüllte plötzlich Kyra. »Von links!«

Alle wirbelten herum und sprangen in die entgegengesetzte Richtung. Lisa entging nur um Haaresbreite einer peitschenden Dornenranke.

Die Freunde stürmten quer über die Kuppel zur gegenüberliegenden Seite. Lisa musste daran denken, wie sie und Nils in den Fluren und Zimmern des Kerkerhofs Fangen gespielt hatten. Dabei waren sie endlos lang um Tische und Sessel herumgetänzelt, während der eine immer wieder versuchte, dem anderen den Weg abzuschneiden. Geendet hatten solche Spiele erst, wenn einer die Lust verlor oder erschöpft war.

Wie lange würde es heute dauern, bis sie erschöpft waren? Konnte der Mann im Mond sie stundenlang über die Kuppel scheuchen, ohne selbst einen Fuß daraufzusetzen?

Das Schlimmste war, dass sie ihn aufgrund der Wölbung immer wieder aus den Augen verloren.

Kyra blickte äußerst verzweifelt drein. »Es muss schneller gehen. Wenn die Gewitterfront erst den Mond verdeckt, ist die Verbindung unterbrochen.«

Woher sie das wusste? Eine Ahnung vielleicht. Wahrscheinlicher aber noch ein Überbleibsel vom Wissen ihrer Mutter. In letzter Zeit kam es immer häufiger vor, dass ihr Gedanken kamen, die nicht ihre eigenen zu sein schienen. War vielleicht immer noch ein Teil ihrer Mutter am Leben? *In* ihr? Trug sie etwa in ihrem Kopf einen Geist, so wie alte Burgen in ihren Hallen manchmal Gespenster beherbergten?

Kyra, das lebende Spukschloss. Wow, das würde eine tolle Touristenattraktion werden. Vorausgesetzt sie würden diese Nacht heil überstehen.

Diesmal kam der Angriff von rechts. Wirbelnd rasten die Dornententakel durch die Nacht, silbrig schimmernd im knochenfarbenen Mondlicht.

In Kyras Gehirn herrschte ein Chaos von Fragen und Zweifeln. Wenn die Verbindung zwischen Mond und Hügelgrab tatsächlich existierte, warum wurden dann sie und ihre Freunde nicht dort hinaufgesaugt?

Dornenranken schossen auf der anderen Seite des Hügelgrabes in den Himmel empor wie die ausgestreckten Finger einer grotesken Dämonenklaue. Keine war kürzer als zehn, fünfzehn Meter. Blitzschnell zuckten sie vor und hieben herab auf den Stein der Grabkuppel. Wie die Drahtklingen eines gigantischen Eierschneiders hätten sie jeden in Scheiben zerteilt, der in ihre Reichweite geraten wäre. Die Freunde aber waren bereits auf der anderen Seite des Grabes, weit genug entfernt, um nicht mit den Zweigen in Berührung zu kommen.

Etwas Seltsames geschah.

Die Dornententakel verharrten einen Moment lang starr auf der Oberfläche des Grabes, dann wanden sie sich plötzlich wie Schlangen, denen jemand auf den Schwanz tritt. Zugleich wurden sie von unsichtbaren Händen nach oben gerissen, mehrere Meter über den Boden, mit einem Mal straff gespannt wie Bogensehnen.

Der Mann im Mond riss seine Fangarme mit einem kraftvollen Ruck zurück und da erst lösten sie sich aus dem gespenstischen Sog.

»Es funktioniert«, murmelte Kyra atemlos.

Chris nickte beeindruckt. »Du hattest recht. Es ist, als sauge ihn irgendetwas zum Himmel hinauf.«

»Zum Mond«, verbesserte Kyra, und im gleichen Moment sprang sie auch schon vor und begann, wilde Rufe in die Richtung ihres Gegners auszustoßen.

Sie will ihn anlocken, dachte Lisa wie gelähmt. Sie lockt ihn *tatsächlich* an!

Wenn der Mann im Mond wahrgenommen hatte, was mit seinen Fangarmen geschehen war, so zog er zumindest keine logischen Schlüsse daraus. Was die Hexe gesagt hatte, war die Wahrheit: Er hatte den Verstand verloren. Er war unfähig, die Gefahr zu erkennen.

Lisa hätte am liebsten losgejubelt – bis ihr siedend heiß einfiel, dass sie noch lange nicht in Sicherheit waren.

Als wollte auch ihr Gegner sie an diese Tatsache erinnern, schossen schon wieder Dornenranken heran, erneut von links. Sie hätten Lisa und Chris mühelos packen können, wäre ihr Ziel nicht ein anderes gewesen.

»Kyra!«

Lisa brüllte den Namen ihrer Freundin und ließ sich gleichzeitig fallen. Die Ranken schossen über sie hinweg und jagten in Kyras Richtung, quer über die Steinkuppel.

Kyra riss die Augen auf und sah die Fangarme wie in Zeitlupe näher kommen. Instinktiv ließ sie sich zur Seite fallen, rollte mit angezogenen Armen die Wölbung hinunter. Hinter ihr klatschten die Zweige auf den Stein. Die ganze Kuppel erbebte unter dem wütenden Aufprall der Ranken.

Kyra sprang auf, sah, wie ihre Freunde zur anderen Seite der Kuppel hinüberrannten und begann, dem Mann im Mond höhnische Rufe entgegenzuschleudern. Die anderen zögerten noch einen Augenblick, dann begann erst Lisa, schließlich auch Chris und Nils, ihren Gegner anzuschreien.

Zum ersten Mal, seit er die Kuppel erreicht hatte, konnten sie ihn wieder sehen. Wie ein Schatten, der im Näherkommen auf einer Wand Gestalt annimmt, wuchs er über der Wölbung des Grabes empor. Seine Füße berührten den Stein, die Fangarme tanzten einen wilden Reigen um seine dürren Heuschreckenglieder.

Kyra schloss zu den anderen auf. Gebannt beobachteten sie von der Kante des Grabes aus, wie der Mann im Mond die Kuppel überquerte. Seine ersten Schritte waren noch fest und siegessicher, dann aber sah es mit einem Mal aus, als kämpfe er um sein Gleichgewicht. Plötzlich rasten die Enden seiner Tentakel aufwärts, streckten sich elastisch wie Bungeeseile. Der Mann im Mond legte den Kopf in den Nacken, starrte in die Nacht hinauf, eine Geste grenzenloser Verwunderung.

Die Gewitterfront hatte Giebelstein fast erreicht. In wenigen Augenblicken würden sich ihre Ausläufer vor den Mond schieben.

Schneller!, dachte Kyra verbissen. Es muss schneller gehen!

Der Mann im Mond, immer noch ein schwarzer Umriss, ein Schatten auf einer unsichtbaren Mauer, geriet in Bewegung. Aber es waren nicht seine Gelenke, die sich bewegten. Vielmehr schien seine ganze Form Wellen zu schlagen wie die Oberfläche eines pechschwarzen Sees.

Seine Ränder zerfaserten. Erst sah es aus, als kräuselte sich feiner Rauch von seinen Schultern und seinem Kopf. Dann aber wurde der Dunst wallender, dichter. Ein grässlicher Schrei ertönte, ein Laut, den kein Mensch hätte ausstoßen können. Der spindeldürre Körper dehnte sich in die Länge, wurde aufwärtsgezogen, obwohl die Füße immer noch am Boden hafteten. Innerhalb von Sekunden wuchs er auf das Doppelte seiner ursprünglichen Größe, wurde dabei immer schmaler, faseriger. Schattenfragmente lösten sich aus seinem Leib, peitschten wie Gewehrkugeln in die Höhe und verschwanden im hellen Rund des Vollmondes. Ein Sturm aus dunklen Teilchen fegte dem Nachthimmel entgegen, während der Mann im Mond immer länger und schmaler wurde, bald nur noch ein Strich, der sich von der Grabkup-

pel zum Mond hinaufstreckte. Schließlich löste sich seine Bindung zum Boden und die ganze groteske Erscheinung sauste wie ein überdehntes Gummiband zum Mond empor. Sekunden später sahen die Freunde, wie sich Flecken auf der weißen Lichtscheibe breitmachten, Schatten, die auseinanderflossen und gewaltige Staubkrater ausfüllten.

Ein Blitz zuckte vom brodelnden Himmel herab und spaltete krachend einen Baum am nahen Waldrand. Eine Stichflamme loderte auf und verblasste wieder.

Der folgende Donner war so laut, dass die Freunde auf dem Hügelgrab erschrocken aus ihrer Starre erwachten.

»Wir müssen hier runter«, rief Chris, packte Lisa, die ihm am nächsten stand, am Arm und zerrte sie mit sich über die Kante. Strampelnd kamen sie im Gras auf, stolperten und fielen zu Boden. Kyra und Nils folgten ihnen.

Die Gewitterwolken glitten vor den Mond, verschluckten ihn. Finsternis legte sich über das Land wie vergossenes Pech. Sturm kam auf und dicke Regentropfen klatschten den Freunden ins Gesicht.

»Weg hier!«, brüllte Nils und wollte den Hügel hinunterrennen. Kyra und Lisa schlossen sich ihm an.

»Nein!«, rief Chris ihnen hinterher. Der Regen wurde schlagartig stärker, wahre Fontänen prasselten vom Himmel. »Nicht darunter. Wir gehen ins Grab. Da sind wir sicher.«

Die anderen stimmten zu.

Wenig später zwängten sie sich durch den Bretterverschlag ins Innere des Hügelgrabes. Hier drinnen konnten sie die Hand nicht vor den Augen sehen. Kyra, die an der Spitze ging, tastete sich an der Wand des Stollens entlang. Der Stein war eiskalt unter ihren Fingerspitzen.

Sie erreichte die Stelle, wo der Stollen in die Grabkammer mündete. Hinter ihr fluchte Nils, als er im Dunkeln gegen Lisa rempelte und sich die Schulter an der Mauer anstieß.

Kyra ging in die Knie und klopfte mit den Händen den Boden ab. Sie fand die kleine Kiste, in der sie Kerzen und Streichhölzer für einen Fall wie diesen aufbewahrten. Hinter ihr drängten die anderen in den unterirdischen Raum. Sogar hier drinnen war das Prasseln des Regens noch deutlich zu hören, ein unheimliches Rauschen, das vom Eingang her durch den Stollen wehte. Die mächtigen Donnerschläge, die draußen über das Hügelland rollten, erklangen im Inneren der Keltengruft dumpfer, aber nicht weniger laut. Jedes Mal schienen die Wände zu erzittern wie Membranen eines vorzeitlichen Lautsprechers.

Kyra nahm das erste Streichholz aus der Schachtel und schrammte es über die Reibfläche. Es funkte kurz, entwickelte aber keine Flamme. Kyra fluchte, warf das Hölzchen fort und nahm ein anderes. Diesmal hatte sie mehr Glück. Fahl zuckte der Lichtschein über die Wände.

Jemand war hier. Jemand, der nicht hierhergehörte.

Erschrocken ließ Kyra das Streichholz fallen. Die anderen schienen nichts bemerkt zu haben, doch Kyra war ganz sicher. Eine fünfte Person hielt sich in der Kammer auf. Sie hatte an der gegenüberliegenden Wand gestanden und einen riesenhaften Schatten auf das Mauerwerk geworfen.

Jetzt herrschte wieder Finsternis.

Niemand sprach ein Wort, bis Chris plötzlich sagte: »Machst du nun Licht oder nicht?«

Kyra fingerte mit zitternden Händen nach einem neuen Streichholz. »Hier ist jemand«, sagte sie.

»Wo?«, fragte Nils. Seine Stimme hallte dumpf von den uralten Wänden wider.

Kyra riss das Streichholz über die Reibfläche. Die winzige Flamme spendete Licht, aber es reichte nicht aus, um den ganzen Raum zu erhellen. Die Stelle, an der Kyra den Schatten bemerkt hatte, war jetzt leer.

Sie griff nach einer der Kerzen, die in der Kiste lagen, und ließ die Flamme auf den Docht überspringen.

»Kyra.« Lisas Stimme war nur ein schwaches Flüstern.

Kyra schaute auf, sah Lisas aufgerissene Augen angstvoll zu sich herüberstarren. Nils hob eine Hand, deutete auf etwas über Kyras Schulter.

Sie wirbelte herum –

Und blickte in das Gesicht der Hexe.

»Hallo, Kyra Rabenson.«

Kyra prallte zurück und taumelte durch die Kammer, fort von der Frau, hinüber zu ihren Freunden am Eingang. Ihre Finger krallten sich um die Kerze. Sie spürte kaum, dass heißes Wachs über ihren Handrücken spritzte.

Die Mondhexe bewegte sich nicht. Sie lehnte mit dem Rücken an der Wand und hatte die Arme vor der Brust verschränkt. Ihr hautenger schwarzer Overall schien das Kerzenlicht aufzusaugen, sie sah fast ebenso schattenhaft aus wie der Mann im Mond. Nur ihr helles Gesicht besaß feine Konturen, umrahmt von langem Haar. Sie war wunderschön, wie alle Hexen des Arkanums.

»Ihr könnt nicht vor mir fliehen«, sagte sie mit lieblicher Stimme. »Versucht es gar nicht erst.«

Chris, Lisa und Nils hörten nicht auf sie. Blitzschnell rannten sie den Stollen hinunter. Die Bretterbarriere am Eingang war unversehrt, die Hexe musste sich wie eine Schlange durch den schmalen Spalt gewunden haben. Lisa zwängte sich ins Freie, Nils folgte ihr. Chris wollte hinterhersteigen, als er bemerkte, dass Kyra nicht bei ihnen war.

Verwirrt blieb er stehen. Angst peitschte seine Sinne.

»Kyra?«, rief er und blickte zurück in den Stollen. Er sah, wie Kyra sich vor dem Kerzenschein in der Kammer abhob. »Kyra, verdammt, komm her!«

Aber sie bewegte sich nicht. Ihr Blick fixierte die Hexe, die immer noch unbewegt an der Wand lehnte.

Chris eilte zurück. Die Furcht um Kyra beherrschte sein ganzes Denken. Er dachte nicht mehr an seine eigene Sicherheit, nicht an die schreckliche Macht der Hexe. Alles, was er wollte, war, Kyra dort herauszuholen.

Kyra selbst aber bewegten ganz andere Gedanken. Ihr Blick blieb fest auf das perfekte Gesicht der Mondhexe gerichtet.

»Was willst du noch?«, fragte sie gefasst. »Du kannst mich nicht töten.«

»Nein?«

»Sonst hättest du es längst getan.« Sie hatte das Spiel der Hexe durchschaut, schon als sie ihr vor der Bühne gegenübergestanden hatte. All die Gebärden, die Drohungen – nichts als Maskerade. Die Hexe selbst war ohne die Macht des Mondes nur eine gewöhnliche Frau, jung und ein wenig zu schmächtig. Nicht kräftig genug, um Kyra und die anderen anzugreifen.

»Du hast gewonnen – für heute.« Die Mondhexe stieß sich sanft von der Mauer ab und kam auf Kyra zu. Sie starrte in Kyras Augen, als beobachtete sie einen Wetterfrosch in seinem Glas. »Du bist da drin, nicht wahr? Irgendwo in deiner Tochter.«

Kyra begriff schlagartig, dass die Hexe gar nicht mit ihr sprach. Sie redete mit *ihrer Mutter*!

Ein hämisches Lächeln zuckte über die Züge der Hexe. »Kyra Rabenson … und wie sind noch die Namen deiner Freunde? Lisa, Nils und Chris, nicht wahr? Wichtige Namen, ohne Zweifel. Wir merken sie uns gut, wir alle.«

Ihre Worte waren jetzt wieder an Kyra gerichtet.

»Das Arkanum vergibt nicht«, fuhr sie fort. »Nicht der Mutter, nicht der Tochter. Nicht den Freunden.«

Chris fuhr zusammen, hielt sich aber weiter im Hintergrund. Etwas hielt ihn davon ab, diese Begegnung zu stören. Zwischen Kyra und der Hexe geschah etwas, für das es keine Worte gab. Es war fast, als sprächen sie in einer fremden Sprache miteinander, die keiner außer ihnen verstehen konnte. Gewiss, Chris hörte die Worte und wusste, was sie bedeuteten. Aber ihm war, als fände zwischen den Zeilen noch ein anderer Austausch statt. Ein wechselseitiges Tasten und Fühlen, ein zaghaftes Abschätzen des Gegners.

Und doch würde es keinen Kampf mehr geben. Nicht heute Nacht.

»Der Mann im Mond ist wieder da, wo er hingehört«, sagte Kyra. Der Klang ihrer eigenen Stimme machte ihr Mut, so als wäre sie erleichtert, dass es *ihre* Stimme war, die aus ihr sprach, nicht etwa die ihrer Mutter. »Du hast versucht, uns zu besiegen, Mondhexe, und du bist gescheitert. Du hast sicher recht: Das Arkanum vergibt nicht. Aber werden die Drei Mütter *dir* vergeben?«

Die Hexe lachte, ein klares, glockenhelles Lachen – viel zu schön als Maske für eine so schwarze Seele. »Das soll deine Sorge nicht sein, Kyra Rabenson. Und nicht die deiner Mutter. Vielleicht werden wir uns wiedersehen. Vielleicht auch nicht. Aber du wirst meine Anwesenheit spüren können, immer wenn du zum Mond emporschaust. Mein Auge beobachtet dich. Sei wachsam.«

Kyra hatte einmal im Keller eine alte Porzellanpuppe gefunden. Das Puppengesicht war weiß und makellos gewesen, kunstvoll gearbeitet und zweifellos sehr wertvoll. Doch als sie die Puppe umgedreht hatte, hatte sie bemerkt, dass der Hinterkopf zersplittert war. In der Öffnung nistete eine fette Kreuzspinne.

Daran musste sie denken, als sie nun der Hexe gegenüberstand. Eine so perfekte Fassade und dahinter ein Geist wie ein gefräßiges Raubtier. Ebenso gnadenlos, ebenso kalt.

Draußen krachte erneut ein Donner.

»Leb wohl, mein Kind«, sagte die Hexe. »Der Mond klagt hinter dunklen Wolken. Ich will ihn nicht warten lassen.«

Und ohne ein weiteres Wort trat sie an Kyra vorüber, würdigte Chris mit keinem Blick und ging mit ruhigen Schritten den Stollen hinunter. Mühelos glitt sie durch den Bretterverschlag, geschmeidig wie eine Rauchwolke, und ging an Lisa und Nils vorbei, die starr vor Schreck im Regen standen. Bald darauf trat die Hexe in den Schatten des Bahndamms und verschmolz mit der Dunkelheit.

In der Grabkammer legte Chris Kyra von hinten eine Hand auf die Schulter und drehte sie zu sich herum.

»Wir haben gewonnen«, sagte er leise. »Heute Nacht haben wir gewonnen.«

Kyra nickte langsam, aber Chris sah ihr an, dass ihre Gedanken anderswo waren. Irgendwo in weiter Ferne. Vielleicht oben am Himmel, verloren in der

Nacht. Auf der Suche nach Leben in den Staubwüsten des Mondes.

Oder horchte sie in sich hinein? Auf die Stimme ihrer Mutter, tief in ihrem Inneren?

Schließlich aber zuckte sie die Achseln und gestattete sich ein feines Lächeln.

»Komm«, sagte Chris, »du kannst nicht alleine hierbleiben.«

Kyras Lippen formten Worte, aber sie sprach sie nicht aus.

Ich bin nicht allein. Bin es niemals gewesen.

Mit einem Nicken folgte sie Chris ins Herz des Unwetters.

Tommys Rache

Schrilles Kreischen drang aus dem Inneren des Kinderwagens.

Kyra seufzte, während Chris und Nils sich die Ohren zuhielten. Nur Lisa zeigte Verständnis – oder Mitleid? –, trat an Kyra vorbei und beugte sich über das brüllende Kind zwischen den Kissen. Beruhigend redete sie auf den Kleinen ein, reichte ihm einen Plüschaffen und kuschelte ihn in seine Armbeuge.

Nach einem letzten Krächzen verstummte Tommy und fuchtelte selig mit dem Stofftier.

»Es ist erniedrigend«, brummte Kyra übellaunig. »Reine Schikane.«

»Nimm's nicht so schwer«, meinte Lisa besänftigend.

Kyra funkelte sie an. »*Den* Tonfall spar dir für den Schreihals ... *Ich* werd bestimmt nicht heulen, bis die Leute meinen Babysitter anstarren, als wäre er ein Kindermörder.«

Lisa lächelte und auch Chris konnte sich ein Grinsen nicht verkneifen. Nur Nils teilte Kyras schlechte Laune. »Gibt's für so was nicht Kindergärten?«

»Tommy ist noch zu klein dafür«, belehrte ihn Lisa. »Außerdem ist er doch ganz süß.«

»*Süß?*«, entfuhr es Kyra und Nils wie aus einem Munde. Chris lachte schon wieder.

Als hätte der Kleine den feindseligen Ton dieses Protests verstanden, begann er prompt, erneut zu schreien. Um sie herum auf der Hauptstraße blieben Passanten stehen und blickten den Freunden und ihrem Kinderwagen hinterher.

»Die müssen uns alle für Unmenschen halten«, meinte Chris.

»Kinderquäler, sag ich doch«, bestätigte Kyra finster. »Irgendwer wird uns noch anzeigen.«

Nach den Ereignissen der letzten Nacht war das allerdings keine allzu bedrohliche Vorstellung. Sie hatten den Mann im Mond besiegt und eine Hexe in die Flucht geschlagen – was konnte das noch übertreffen?

Tommy zumindest gab sich alle Mühe. Er kreischte und heulte, bis sie das südliche Stadttor erreichten.

An der Außenseite blieben sie stehen und blickten über die Festwiese. Junge Männer mit freien Oberkörpern oder in T-Shirts bauten gerade die Bühne ab. Die Arbeiten waren schon weit fortgeschritten, die meisten Stahlstangen des Gerüsts lagen gestapelt auf dem Anhänger eines Sattelschleppers. Aus allen Richtungen ertönten Rufe und metallisches Hämmern.

Lisa beugte sich über den Kinderwagen, jetzt nicht mehr ganz so begeistert, und drückte Tommy abermals den Teddybären zwischen die Ärmchen. Sein Geschrei brach ab, aber jetzt brabbelte er leise vor sich hin, was auf die Dauer nicht weniger nervtötend war.

Kyra schaute flehend zum Himmel. »Lieber Gott, verschone mich mit so einer Plage«, murmelte sie.

»Seit wann betest du denn?«, fragte Chris schmunzelnd.

»Das war nur so was wie 'ne Redewendung.«

Nils' Blick war neugierig auf die Arbeiten an der Bühne gerichtet. »Da müsste doch irgendwer sein, der den Namen der Hexe kennt. Immerhin ist sie hier aufgetreten.«

»Kannst ja fragen gehen«, meinte Lisa ohne große Begeisterung.

Er nickte ernst. »Genau das werd ich auch tun.«

Nils lief los, quer über die Wiese, auf der Hilfskräfte dabei waren, den verstreuten Müll aufzusammeln. Seine Freunde beobachteten, wie er auf einen Arbeiter einredete und von diesem an einen anderen Mann verwiesen wurde. Nils ging zu ihm hinüber. Der Mann trug einen dunklen Anzug und hatte sein Büro im Rathaus augenscheinlich nur ungern verlassen; offenbar hatte man ihm die Verantwortung für das Konzert übertragen. Die beiden sprachen kurz miteinander, dann schüttelte der Mann den Kopf und ging davon.

Nils kehrte zu den anderen zurück. Tommy brüllte zu seiner Begrüßung wie am Spieß.

»Dreimal dürft ihr raten, unter welchem Namen sie sich bei den Veranstaltern vorgestellt hat.«

Die drei zuckten die Achseln. »Keine Ahnung«, meinte Chris.

»Diana«, sagte Nils.

Kyra lächelte schief. »Die Göttin des Mondes.«

»Typischer Fall von Größenwahn«, bemerkte Lisa.

Kyra seufzte und drehte den Kinderwagen um, zurück Richtung Stadt. Sie wollte schon losgehen, als Nils sagte: »Und wisst ihr, was. Keiner hat ihre Musiker gesehen.«

»Aber sie waren oben auf der Bühne«, entgegnete Lisa. »Du und ich, wir haben sie doch gesehen.«

»Sie standen die ganze Zeit im Schatten.«

»Sie *waren* Schatten«, verbesserte Kyra ihn. Zwar war sie nicht bei dem Konzert gewesen, aber sie hatte dennoch keine Zweifel. Die Hexen des Arkanums hatten wahrscheinlich mehr Tricks auf Lager, als sie und die drei anderen sich in ihren kühnsten Träumen vorstellen konnten.

Keiner wusste so recht, was er darauf hätte sagen können. Schweigend gingen sie erneut durchs Tor und spazierten mit dem Kinderwagen und seinem schreienden Passagier die Hauptstraße nordwärts.

»Ich weiß nicht, was Tante Kassandra Ruth erzählt hat, wegen ihres Gartens und so, aber dass wir jetzt auf Tommy aufpassen müssen, ist einfach unfair.« Kyra überlegte kurz, dann fügte sie hinzu: »Wenn man's genau nimmt, haben wir ihn schließlich gerettet.«

Lisa zog eine Schnute. »Undank ist der Welt Lohn … wo wir doch eben bei Redewendungen waren.«

»Unsere Lisa«, meinte Chris mit hämischem Grinsen. »Immer einen *so* weisen Spruch auf Lager.«

Sie schnitt ihm eine Grimasse. »Noch nie was davon gehört, dass Frauen immer weiser sind als Männer?«

»Dafür spielen wir besser Fußball«, erwiderte Nils.

»Ooooh, *wow!*«, machten die beiden Mädchen im Chor, und auch Tommy fiel mit ein und kreischte, was das Zeug hielt.

Ein Lastwagen donnerte über das alte Straßenpflaster an ihnen vorüber. Die scheppernden Stahlgestänge auf seinem Anhänger machten einen Höllenlärm. Sie übertönten sogar das Geschrei des kleinen Plagegeistes im Kinderwagen.

Kyra schaute dem Laster hinterher und sah, wie er vor dem Nordtor abbremste und langsam unter dem niedrigen Bogen hindurchfuhr. Danach verschwand er in der Ferne.

Einen Augenblick lang schien es ihr, als blitzte hoch über den Zinnen der Tortürme etwas auf, ein Abglanz des Vollmondes, schimmernd im Blau des Himmels.

Doch falls es ein Auge gewesen war, das sie beobachtet hatte, so schloss es sich gleich darauf wieder, denn schon beim zweiten Hinsehen war der Mond verblasst und zeigte sich an diesem Tag nicht wieder.

Anderswo … ein Nachspiel

Kaum zehn Kilometer von Giebelstein entfernt, erhob sich auf dem höchsten Hügel der Gegend eine metallische Kuppel, weiß und schimmernd wie ein riesenhafter Schneemann, dessen Kopf in der Sonne getaut war. Mehr als dreißig Meter wuchs sie über die Baumwipfel des Hügels in den Himmel empor.

Für jemanden, der sich nicht auskannte, mochte die Kuppel aussehen wie der hintere Teil einer fliegenden Untertasse, deren Spitze sich bei einem Absturz tief ins Innere der Erde gebohrt hatte. Andere hatten das seltsame Bauwerk schon mit einem Grabmonument, einem Totenschädel oder aber – um dem Ganzen etwas Erfreuliches abzugewinnen – einem nach oben gereckten Daumen verglichen.

Die Wahrheit war freilich viel schlichter: Die weiße Kuppel dort oben auf dem Hügel war eine Sternwarte – noch dazu eine der modernsten im ganzen Land, sogar auf dem ganzen Kontinent. Nur in Süd- und Mittelamerika, in Chile und New Mexico, gab es Sternenteleskope, die noch größere Leistungen erbrachten.

Folglich war dem Besitzer des Gebäudes, dem eh-

renwerten Doktor Julius Karfunkel, das Gerede der Leute über das Aussehen seiner Warte herzlich gleichgültig. Er und sein kleines Team aus Weltraumforschern betrieben die Anlage nun schon seit einigen Jahren und hatten in dieser Zeit bereits so manche Entdeckung gemacht, die Wissenschaftler in der ganzen Welt vor Neid erblassen ließ.

Die wichtigste von allen aber, die spektakulärste und durch und durch ungewöhnlichste, war zweifellos die vom plötzlichen Verschwinden des Mannes im Mond – und seiner unerwarteten Rückkehr nach nur wenigen Stunden.

Jedermann – jedes Kind und ganz gewiss jeder Wissenschaftler – wusste natürlich, dass der so genannte Mann im Mond nichts anderes war als eine Ansammlung von Schatten und Kratern auf der Oberfläche des Erdtrabanten.

Für die Menschen, die mit bloßem Auge zum Mond emporschauten, mochten diese dunklen Strukturen die Form einer menschlichen Gestalt haben, einer Gestalt mit einem Bündel Zweige auf dem Rücken. Für die Forscher der Sternwarte aber, die den Mond mit dem Teleskop so nah heranholen konnten wie andere Leute die Krümel auf ihren Frühstückstellern, war der Mann im Mond nur ein Ammenmärchen, das sie belächelten und ihren Kindern vor dem Schlafengehen erzählten.

Dass ausgerechnet diese Männer und Frauen, gewaschen mit allen Wassern der Wissenschaft, das Verschwinden des Mannes im Mond feststellen mussten, war für einige von ihnen unerklärlich, für andere schier unglaublich.

Keiner aber war fassungsloser als Doktor Julius Karfunkel persönlich. So etwas war weder ihm noch irgendwem, von dem er gehört hatte, jemals vorgekommen.

Die Oberfläche des Trabanten war leer gewischt, von allen Schatten und dunklen Flecken bereinigt, wie eine Suppenschüssel nach dem letzten Spülgang.

Doktor Karfunkel mochte es drehen und wenden, wie er wollte – es gab einfach keine wissenschaftliche Erklärung für dieses Phänomen. Es war fast, als hätten Außerirdische auf dem Mond starke Scheinwerfer aufgestellt und damit jeden dunklen Winkel ausgeleuchtet. Eine Lösung übrigens, die dem Doktor kaum weniger fantastisch erschien als jede andere, die er und seine Kollegen in der Sternwarte diskutiert hatten.

Doktor Karfunkel war ein Mann, der fest an Leben auf fremden Planeten glaubte. Er war sicher, dass Ufos in unsere Atmosphäre vorstießen und dass immer wieder Menschen von Wesen aus dem All entführt und untersucht wurden.

Hätte man ihm allerdings von Hexen erzählt, von der magischen Macht des Arkanums und der Tatsache, dass der Mann im Mond eben doch sehr viel mehr war als nur eine Zusammenballung von Schatten in einem Ozean endloser Staubwüsten – nun, er hätte sich wohl geschüttelt vor Lachen.

Kein Wunder also, dass er nichts Böses dachte, als er zwei Nächte nach dem unerklärlichen Vorfall ganz allein in seiner Sternwarte saß und mit scharfem Blick die Oberfläche des Mondes studierte.

In wenigen Stunden würde die Morgendämmerung anbrechen, die letzten Mitarbeiter lagen längst zu Hause in ihren Betten. Doktor Karfunkel saß auf einem Stuhl inmitten des Stahlgerüsts, auf dem tonnenschwer das gewaltige Teleskop ruhte. Kameras übertrugen die eingefangenen Bilder der Mondoberfläche auf mehrere Bildschirme. Alles wurde aufgezeichnet, jede Abweichung von der Norm vollautomatisch von Computern durchgerechnet und in Form von komplizierten Diagrammen und Zahlentabellen ausgedruckt.

Aber Doktor Karfunkel hatte keinen Blick übrig für die Schlangen aus Endlospapier, die seine Drucker in überfüllte Auffangkörbe spuckten. Seine Augen starrten gebannt auf die flimmernden Monitore.

Tiefes Schweigen lag über der Sternwarte. Die stählernen Säle und Korridore waren menschenleer, nur hier und da piepste ein elektronisches Gerät oder summte ein Laserdrucker.

»Das kann nicht sein«, entfuhr es dem Doktor nunmehr zum dritten Mal, seit er die neuerliche Veränderung auf der Oberfläche des Mondes bemerkt hatte.

Es war anders als vor zwei Tagen. Diesmal wurde nicht auf einen Schlag die gesamte Mondkugel von Helligkeit überflutet. Nein, diesmal war nur ein winziges Stück Schwärze in Bewegung geraten, ein

Schatten, der auf dem Monitor nicht größer war als der Daumennagel des Doktors. Es handelte sich um einen Splitter aus Dunkelheit, der eben noch Teil eines Schattenmassivs am Rande des Kraters Kopernikus gewesen war, südlich des Mare Imbrium.

Im ersten Moment glaubte der Doktor, es müsse sich um ein Stück Mondgestein handeln – mehrere Kilometer im Durchmesser –, das sich auf unerklärliche Weise von der Oberfläche gelöst hatte und nun hinaus ins All trudelte.

Dann kam ihm der Gedanke, es könne ein Satellit sein, der oberhalb der Erdatmosphäre seine Bahn zog und ins Blickfeld des Teleskops geraten war.

An einem aber gab es bald keinen Zweifel mehr – das Stück Finsternis, das sich aus dem Schattenkörper des Mondmannes gelöst hatte, kam genau auf die Erde zu.

Auf Europa.

Auf die Sternwarte.

Geradewegs durch das Teleskop auf den Doktor zu …

Alles ging rasend schnell. *So* schnell, dass Doktor Karfunkel nicht einmal die Zeit blieb zusammenzuzucken. Der daumennagelgroße Fleck löste sich wie ein schwarzer Öltropfen von der Oberfläche des Monitors, schoss auf das Auge des Doktors zu und traf ihn noch im selben Sekundenbruchteil.

Es war ein Gefühl, als wäre durch ein geöffnetes Fenster eine Woge eiskalter Polarluft genau in Karfunkels Gesicht geweht.

Doch es war keine Polarluft.

Die Finsternis, die jetzt seinen rechten Augapfel überzog wie ein hauchfeines Wurzelgeflecht, war eisiger als der kälteste Ort der Antarktis, kälter gar als das Weltall selbst.

Der Doktor aber spürte schon bald nichts mehr davon. Er schaltete in aller Ruhe seine Geräte ab und beschloss, es für diese Nacht gut sein zu lassen. Zeit, nach Hause zu fahren. Zeit, endlich ins Bett zu gehen.

Später, beim Waschen, würde er die sanfte Wölbung bemerken, die sich auf seinem Rücken zwischen den Schulterblättern abzeichnete.

Und morgen, vielleicht übermorgen, würden ihm die winzigen Dornen auffallen, die an dieser Stelle von innen gegen die Haut zu drücken begannen.

Er aber würde sich nichts dabei denken. Ebenso wenig wie bei der Tatsache, dass die Computer am nächsten Morgen über keinerlei Aufzeichnungen des rätselhaften Phänomens verfügen würden.

Genau genommen würde der Professor niemals mehr *irgendetwas* denken.

Denn das tat jetzt jemand anderes für ihn. Jemand, der sich verraten fühlte, von den Hexen des Arkanums ebenso wie von der Gruppe von Jugendlichen, die ihn auf der Kuppe des Hügelgrabes in eine Falle gelockt hatten.

Es war endlich an der Zeit zurückzuschlagen.

Der Mann im Mond hatte jetzt einen menschlichen Körper.

Und er würde warten. Warten, bis die Zeit reif war. Bis der richtige Augenblick kam, aus dem Leib des Professors hervorzubrechen, mit peitschenden Dornenranken und Plänen voller Hass und Zwietracht.

Ich bin zurück, dachte der Mann im Mond in seinem Hirn aus purem Schatten.

Eure Welt soll sein wie die meine, eine Ödnis aus Staub und Kälte und absoluter Finsternis.

Und dann endlich werde ich euer König sein. Euer Kaiser. Euer Gott.